《ふたごたんていむつきのさきまわり》
JN075892
ひたき
［illustration］
桑島黎音
双子探偵ムツキの先廻り
The mystery
resolved
before
it begins

もし事件が起きる事が先に分かっていたならば、
私はもっと上手く立ち回れただろう。
――平成の名探偵　睦月紫月（享年七十二）
The mystery
is resolved
before
it begins

睦月青士
むつき　あおし
睦月赤音
むつき　あかね
八雲迷子
やくも　めいこ

itaki and
ein Kuwashima
resents
CHARACTERS
〈ふたごたんていむつきのさきまわり〉
名探偵・八雲迷子
ただいま参上ですわ！
事件なら私たちが
もう解決したよ★

もし事件が起きることが先にわかっていたならば、私はもっと上手く立ち回れただろう。

平成の名探偵　睦月紫月（享年七十二　二〇〇九年没）

プロローグ　雪山山荘殺人事件

犯人の独白

魔が差した、としか言いようがなかった。

確かにアイツのことは殺したいぐらい憎かったが、実際に殺すなんてあり得ない。

やってはいけないことの分別ぐらいついている。

殺してやりたいと思っても、せいぜいが頭の中の想像で済ませるだけだろう。それで表面上は仲の良いふりをして酒を飲む。そういう付き合いも大人にはある。

現実で殺人だなんて、捕まったらどれだけの間、刑務所に入れられるか。

人生終わりだ。

だが、そう、捕まらなければいい。バレなければいい。

事故死、事故死なんだ。防犯カメラはなかった。証拠なんてない。誰にも見られていない。

こんなことで、捕まってたまるか。

そんな思考をしていたところに「パンパン」と二回手が打ち鳴らされた。

「はい、ちゅうもーく！」

まだ二十歳にもなっていないだろう若い女が場違いに明るい声をだす。

「皆さんご存じの通り、不幸にもこの山荘で殺人事件が起きてしまいました。警察が到着するまで暇だと思うので、今のうちに犯人を特定したいと思いまーす」

この山荘には自分を入れて九人の人間がいる。

女は一同の前で勝手に話を進めていき、

「談話室の方が雰囲気でるからそこに移動で！」

くだらない理由で談話室へ集合させ、

「あなたは見事犯人に選ばれました！　ぱちぱち〜！」

こちらを指差し、推理とも呼べない暴論を披露しはじめた。

「――――！　――――！」

自分は当然反論をする。ふざけるな。納得できるか。証拠がない。

「じゃあここからは探偵役を青士にバトンタッチしまーす」

そうして女は自分が座っていたソファを若い男に譲る。

「……赤音、いや妹が失礼した。しかし俺の話を聞けば諸君も納得するだろう」

暖炉の傍の一人掛けソファ。男はその特等席に偉そうに足を組んで座った。

「身構えなくともすぐに終わる。俺の仕事はもう終わらせたからな」

またわけのわからないことをのたまいやがる。

全く、この探偵ごっこはいつまで続くんだ……？

双子探偵ムツキの先廻り

The mystery
is resolved
before
it begins

ひたき

[illustration]
桑島黎音

一章　双子の探偵　雪山山荘殺人事件

夜の雪山のとある山荘。談話室のソファには若い男女が座っていた。

「やーすっごい積もってきたねー。ゆきっ！」

女子の方は赤いコートにウェーブの長い金髪。

「ふむ、念のためここで一泊にして正解だったか」

青年の方は青いコートにショートの黒髪。

上着も脱がず、ともに暖炉の前で体を温めていた。

「私としては二人一緒に車中泊でもよかったけど？」

「一晩中エンジンをかけたままでか？　車のマフラーが雪に埋もれて排気ガスが車内に逆流、一酸化炭素中毒で死亡。積雪時の代表的なタブーだな」

「じゃあ暖房切って抱き合って寝るとか！」

「俺たちの車（ビートル）にはそんなスペースはないしあっても拒否する」

「む～青士（あおし）のいけず～」

「それよりも赤音（あかね）、俺たちが今考えるべきは――」

「お待たせしました。お客さん。お部屋の準備ができましたよ」

談話室に山荘のオーナーである老人が入ってきた。

「急な泊まりですまない」

「ひひ。いいえぇ、ちょうど一部屋空いてましたから」

山荘を訪れた若い男女、青士と赤音は旅行の最中だった。

二人は車で山越えの際に急な吹雪に見舞われ、大事をとって目についた建物に飛び込んだ。

「もう四月近いから降らないと思ったんだけどねー。窓が見えないぐらいびゅーって！」

「さすが豪雪地帯と言ったところだな。令和の世でも自然には逆らえないか」

「親切なオーナーさんがいて良かった～助かっちゃった」

「こんな吹雪の夜に山道を走るなんて命の保証はできませんからね。ひひひ……」

オーナーは瞳が見えないほど瞼の垂れた顔に、満面の笑みを浮かべて応対する。

独特な笑い方のオーナーだが、親切なことに変わりはないだろう。

山荘は時代を感じさせる木造二階建て。よく手入れされており内装は綺麗だ。

「ザ・雪山山荘って感じで良い雰囲気だね」

「ふむ。オーナー、あとで公共スペースを撮っても？」

「えぇ構いませんよ。ああ、そうだそうだ。これを書いてもらうのを忘れていまして……」

出されたのは宿泊者名簿だ。

氏名、住所、職業など。旅館業法で定められた項目がある。

職業を書かせるのは暴力団関係者などを排除するためである。

「個人経営の山荘にしてはしっかりとしているな」

青士はペンを取り二人分の名前を書く。

名前：睦月青士　睦月赤音

住所：※※※　※※※　※※※※※　※※※

職業：探偵

これは双子の探偵が行く先々で起こる事件を名推理で解決するミステリー。

などでは決してない。

夜二十二時。２０８号室。

二階の角部屋であるそこはシンプルな洋室だった。

「むむ！　ベッドが一つしかない⁉　ベッドが一つしかないよ青士！　やったね！」

「この山荘には一人部屋しかないと説明があっただろう。俺はベッドを使わない」

「いやいや、二人で寝るところでしょここは」

赤音はベッドをバンバンと叩く。

「この歳で妹と寝る趣味はない」

「え〜双子だから関係ないでしょ？」

「なぜ双子だと関係がないのかを論理的に説明してほしいが、それよりも今考えるべきことは飯のタネだ」

「飯のタネ？　宿泊代はもう払ったでしょ。ご飯のこと？」

きょとんとする赤音に青士は神妙な面持ちで返す。

「雪に閉ざされた山荘。訪れた探偵。――つまり殺人事件が起きる」

「起きません」

青士の予測は赤音に即否定される。

「青士ったら相変わらず警戒心が強いというかなんというか……」

「ときに赤音。ここに親切なオーナーが夜食代わりにと用意してくれたおにぎりがあるが、先に食べてくれ」

「別にいいけど、なんで？」

「睡眠薬を盛られているかもしれない」

「盛られてないよ!?　というか妹に毒見させるの!?」

「俺が倒れたら今後の対応ができなくなる」

「赤音ちゃん一人でもできますぅ～」

文句を言いながらもおにぎりをほおばる赤音。

その間に青士はベッドの下やコンセントカバーの中をチェックする。

「ふぁにしてるの？」

「飲み込んでから話せ。盗聴器や隠しカメラのチェックだ」

「んく、なんで？」

「ここのオーナーが猟奇殺人者で宿泊客を獲物にしていないとも限らない」

「してないから！　確かに独特な笑い方だったけど、あれは多分いい人！」

するとコンコン、とノックの音がした。

「なんだろ？」

「俺が開けよう」

ドアを開けるとオーナーが赤い容器を胸に抱えて立っていた。

「ひひひ、まだ起きていらっしゃいましたか」

「何か？」

オーナーは部屋の中を覗き見たあと、抱えていたものを差し出す。

「これは……？」

「ここのところ暖房の調子が悪いので、よければ湯たんぽをと……」

それは枕ほどの大きさの赤いプラケースに熱湯を入れたもの。

青士が差し出された二つの湯たんぽを受け取ると確かな温かさが伝わってきた。

「心遣い感謝する」

「私は一階のオーナー部屋におりますんで、何かありましたら遠慮なくお声がけください。もう寝てしまいますがどうぞ遠慮なく」

ひひひ。と笑いながらオーナーは去っていった。

「やっぱり親切なオーナーさんじゃん」

「睡眠薬の効果を確かめに来たのかもしれない」

「眠ってない私が証拠」

「しかし……」

眉間にしわを寄せながら、なおも食い下がる青士に赤音はあきれ顔をする。

「はあ、毎度のことだけど警戒しすぎるのも疲れない？」

「だがするに越したことはないだろう。俺たちなら……」

「そのときはこの名探偵赤音ちゃんがバシッと解決するから大丈ぶい」

「……」

青士は信用できないという目を赤音に向けてテレビの電源をつける。

ちょうどやっていた気象ニュースのコーナーではこの吹雪は朝には止むことを伝えていた。

「ふむ、朝まで何も起きなければ大丈夫か」

「だからへーきだって。食べて安心したらなんか眠くなっちゃった」

「やはり睡眠薬か」

「生理現象です」

「だが食事で副交感神経が優位になって眠気を覚えるには早すぎる……血糖値の急上昇が原因か？　もしや赤音、糖尿病のリスクが……」

「チョップ！　こんな儚くも麗しい乙女になんてこと言うの」

「？　儚くも麗しい乙女……？」

青士の目には気楽で能天気な妹しか映っていない。

「車移動で疲れたしもう夜も遅いでしょ。歯磨いてシャワー浴びて寝るから」

「風呂場は外の共同浴場しかない。今日は諦めろ」

「シャワーも浴びられないとか死活問題なんだけど！　一緒に寝たときに汗臭いって思われち

やうじゃん！　それともそっちの方が良いの？　うそ、ずっと一緒にいたのに青士のそんな性癖知らなかった……」

「知らん。寝ない。違う」

赤音の戯言に頭痛を覚えながら青士は最低限の答えを返す。

「廊下の様子を見てくる。誰か来てもドアを開けるな。窓も念のため施錠しておけ」

「はーい」

青士が廊下に出ると冷たい空気が足元を包んだ。

ここは主にスキー客が泊まる二階建ての山荘だ。

客室はすべて二階にあり２０１号室から２０８号室までの八部屋が通路の左右に並んでいる。

「俺たちの２０８号室が最後の一部屋だったな」

つまりこの山荘の部屋はすべて埋まっていることになる。

適当なドアに耳を近づけると微かに賑やかな声がする。大方スキー旅行にきた大学生が酒盛りでもしているのだろう。

廊下の奥、２０８号室側には突き当りに観葉植物が。

廊下の先、２０１号室側には一階へ続く唯一の階段がある。

一階には食堂、談話室、受付ロビー、オーナーの部屋。

なんの変哲もない山荘だ。

「さて、やるか……」

青士(あおし)は周囲に誰もいないことを確認し作業に取り掛かった。

§

翌朝。

青士(あおし)と赤音(あかね)は何事もなく朝を迎えて一階の食堂へと赴いた。

テーブルがいくつか並んだこぢんまりとした食堂では、既に他の宿泊客が食事を摂(と)っていた。

「おはようございます。こちらのテーブルへどうぞ、ひひひ」

親切なオーナーが朝食の載ったお盆を配膳していく。

「ご飯にお味噌汁(みそしる)に鮭(さけ)に目玉焼きに海苔(のり)！　ザ・朝食って感じだね」

さっそく舌鼓(したつづみ)を打つ赤音(あかね)と違い青士(あおし)は手を付けない。

「食べないの？　目玉焼き貰(もら)っていい？」

「メイン級を持っていこうとするな。周りの様子を見ていただけだ」

吹雪はとうに止(や)み、窓からはきらめく陽光が差し込んでいる。

食堂には他に二グループの宿泊者たちがいた。

大学生とおぼしき三人組と、それより年齢が上の社会人らしき三人組のグループだ。

それぞれ騒がしくない程度に雑談を交わしている。

「とても平穏な雰囲気だ」

「やっぱり何もなかったじゃん」

「だが数が足りない」

「数？」

「部屋は八部屋すべて埋まっていた。俺たちが一部屋使い、残り七部屋あるがここにいる他の客は六人しかいない」

「うーん、まだ寝てるとか？」

「かもしれないが……」

ちょうど社会人グループのテーブルも同じような会話をしていた。

「彼はまだ寝ているのかね？」

グループの一人である年配の男性が顔をしかめる。

「まぁまぁ、部長。アイツ昨日は結構飲んでいましたからね。どうせまだ起きてきませんよ」

「でも朝食の時間が終わってしまうんじゃないかしら」

それに答えたのは二十代後半の男女だ。

会社の上司とその部下たちという間柄の様だ。

「仕方ない。自分が起こしてきますよ」

男はテーブルから立ち階段の方へ向かう。

その様子を見ていた青士も席を立つ。

「どうしたの？」

「ちょっと二階に忘れ物をな」

青士が二階へ上がると男がある部屋の前でノックをしていた。

ドアプレートに２０６号室と書いてある。

青士はその奥の自室である２０８号室へ向かうため男に会釈をして通り過ぎる。

「おーい、いい加減起きろよ」

男はドンドンとドアを叩く。

「たく、最悪オーナーに言って合い鍵を……あれ？」

すると男が摑んでいたドアノブが回りドアが僅かに開いた。

「鍵してないのかよ、不用心だなあ」

そのまま男は２０６号室に入ろうとしたが、何かに驚きしりもちをついた。

「ひぃぃあああっ！」

「ッ!?」

その様子を見ていた青士は２０６号室の前に駆け付ける。

「おいアンタ何が――」

そうして目撃した部屋の中は、雪景色だった。

開いた窓から入り込んだのか、壁やベッドには吹き付けた雪が張り付き、解けて水滴を滴らせている。

一番雪の被害が大きい床には、大の字で仰向けに倒れている成人男性が一人。

「これは……」

青士は倒れたコップや数本のビール缶が散乱する床を荒らさないよう、慎重に部屋に入り首筋に指をあてる。

青白い肌は冷たく硬い感触。

脈拍なし。呼吸なし。

「……死んでいる」

事件の始まりだった。

§

「――とのことで、警察が来られるまで建物から出ずに待つようにだそうです。ひひ……」

宿泊者が集まる食堂。

そこに先ほどまでの平穏な雰囲気はない。

この山荘で凍死体が発見されたのだ。

警察への連絡は済んでいるが、山荘に至るまでの道は吹雪のせいで埋もれている。そのため除雪しながら向かっているそうだ。

「除雪車が来ているので一時間もあれば着くそうです。その間にコーヒーでもどうぞ」

オーナーは各テーブルにコーヒーを提供する。テーブル毎での反応はまちまちだ。

「一体どうして……旅行先で事故死なんて、会社になんて言えば……私の出世が……」

「凍死なんて……嘘よ」

憔悴する者、事実を受け入れられない者。

「出られないってマジ？　ずっとここにいろってこと？」

「てか道が塞がってるならどのみち移動できないじゃんね」

「それな。春休み中でよかったわ」

関係ないと思う者、面倒だと思う者など様々だ。

「どうぞ、コーヒーです」

コーヒーを出された青士はオーナーに話しかける。

「不幸な事故だったたな」

「ええ……」

深夜に泥酔した被害者が窓を開けたまま眠り、そのまま凍死してしまった。

　現場の状況を見ればそれが一目瞭然であり、オーナーも警察には事故死として通報している。

「一つ不可解なのは部屋の暖房が停止していたことだ。例え窓を開けて寝入ったとしても、暖房さえついていれば凍死は免（まぬが）れただろう」

　続けられた青士（あおし）の言葉に、周りのテーブルの宿泊客も耳を傾ける。

「そういえばオーナーはこの山荘は暖房の調子が悪いと言っていたな」

　昨夜わざわざ湯たんぽを持ってきたほどだ。

「ひ、それは……」

　瞳が見えないほど瞼（まぶた）が垂れ下がったオーナー。その目が僅かに見開かれる。

　暖房が故障していなければ男性は凍死しなかった。つまり――。

「なんだね？　もしやこの事故は山荘側の管理不十分で起きたのかね⁉」

　被害者の上司である年配男性がいきり立つ。

「マジ？」

「やばくね？」

「それな」

　大学生らもざわめきだす。

「いぃえぇ、調子が悪いといっても室温が上がりづらいなどで、今まで電源が切れたりは……」

オーナーは必死に弁明する。

「故障の予兆はあったということじゃないか！」

「あの人はそれで……！」

同僚の男女も老人のオーナーを責め立てる。

「いえ、その、ひひ……」

部屋の隅に追いつめられるように後ずさるオーナー。

「はーいストップ！　まだ何も確定してないでしょー？」

赤音が間に入りヒートアップしそうな空気を収める。

「寄ってたかって、こんなおじいちゃんをイジメるのはよくないよ」

赤音の言葉に一同はばつが悪そうにテーブルに着いた。

しかしもし事故の原因が暖房故障ならば、オーナーは管理責任を問われる。

刑事事件に発展するだろうか。業務上過失致死。ニュースでよく聞く言葉だ。

最悪刑務所？　執行猶予がつく？

いずれにせよもう山荘の経営などできない。

人殺しと謗られ、この土地に住むことすら……。

オーナーはその場にへたり込む。

そんな全てを失おうとしている老人の肩に、青士がそっと手を置いた。

そして慰めの言葉でもかけるように、

「――いくら払える？」

金銭を要求した。

「……………ひ？」

呆然とするオーナー。

「これが事故などではなく殺人事件で、俺が犯人を暴いたとしたらいくら払える？」

「…………」

オーナーは事情が呑み込めないながらも、指を一本立てた。

青士は三本立て返す。

オーナーが二本。

「契約成立だな」

その様子を見ていた赤音が青士に尋ねる。

「事件ってことでいいの？」

「ああ」

「仕方ないなぁ。ん、じゃあ名探偵赤音ちゃんの出番だね」

赤音は気持ちを切り替えてやる気に満ちた顔をする。

「いつものように先走って顰蹙を買うのはやめてくれよ」

「そのときはいつものようにフォローよろしくね」

赤音のウィンクに青士はため息を返す。

「警察が来る前にパパッと終わらせちゃおっか」

そう言って赤音は立ち上がる。

「はい、ちゅうもーく！」

赤音はパンパンと手を叩き、場違いに明るい声で食堂の注目を一気に集める。

今度は何事かと驚く目や訝しむ目に、赤音は全くひるむことなく続けた。

「皆さんご存じの通り、不幸にもこの山荘で殺人事件が起きてしまいました。警察が到着するまで暇だと思うので、今のうちに犯人を特定したいと思いまーす」

その提案に一同がざわつく。

「警察が来て捜査だ事情聴取だとかなったら半日か、下手したらそれ以上は拘束されちゃうかららね。そんなの皆も嫌でしょ？　うん、嫌ということで！」

「な、何を言っているんだね君は！　そもそも犯人って……これは事故だろう!?　それも山荘側の責任の！」

年配男性がまくしたてる。

「確かに暖房故障の可能性もあるんだけどー、それよりも他の可能性の方が高いかなーって」

「他の可能性……？」

「うん。暖房云々の前に、そもそもなんであんな状況になっていたのか」

なぜ山荘の一室で人が凍死するほどの状況になったのか。

「ではここで第一発見者、いや第二かな？　の青士に部屋の状況を説明してもらいましょう」

赤音がビシッと青士を指差した。

「ふむ。俺が駆け付けた時、部屋は窓が開いていて雪が吹き込んでいた。部屋の暖房はオフになっていた。また被害者は薄着のまま大の字で仰向けになっていた」

青士は見た事実だけを述べる。

「そして部屋の鍵は元から開いていた。これはドアを開けたアンタが確認済みだな？」

青士は被害者の同僚の男性に目を向ける。

「あ、ああ。ドアに鍵は掛かっていなかった……」

それらの確認事項を聞いた赤音は満足げに頷く。

「うんうん。昨日は吹雪だったから寒かったよね？　そんな中で窓が開けっぱで暖房が切れていたら凍死もやむなしだけど、でもさ、そんなに寒いのに人って死ぬまで大の字のまま仰向けで寝ていられるのかな？」

一同は顔を見合わせる。

「寝ていても寒かったら人間は本能で体を丸めるもの。失神や昏睡のようなよほど深い眠りだったら別だけど」

そして、と赤音は続ける。

「ドアの鍵は開いていた！　ここまで聞いて皆はどう思う？　被害者がたまたま窓を開けたまま眠って、たまたま暖房が故障してオフになって、たまたま死ぬまで大の字で寝ていたのか」

「あるいは誰かが被害者を意図的に昏睡させて、意図的に暖房を切って、意図的に窓を開けてドアから出て凍死を誘発させたのか」

赤音は流し目で一同を見る。隠れる犯人を捜すように。

「ちなみに現場の暖房のスイッチは問題なく作動した」

青士が付け加えた。

「つまり殺人ってコトォ？　マジ？」

「それしか考えられなくね？」

「それな」

事故死よりも殺人の可能性が高いのは疑いようがない流れだ。

「か、仮にそうだったとして、そういうのは警察の仕事じゃないかね？　素人があれこれ言っても仕方がないだろう」

年配男性の主張はもっともだ。素人よりも警察に任せるほうが良い。

「だから～、それじゃ長時間拘束されるって言ったでしょ？　それに私たちは素人じゃありません。探偵です」

「た、探偵……？」

「青士、例のあれを」

青士は鞄から一枚の紙を取り出し説明する。

「探偵業届出証明書だ。通常は事務所に掲示するものだが、こういうこともあろうかと念のため持ち歩いている」

商号：睦月探偵社。代表者名：睦月赤音。

紙には公安委員会の角印がでかでかと押してある。

そんな証明書を持ち歩いているのは普通ではないのだが、その角印が示す本物らしさに一同はたじろいた。

「このとおり私たちは探偵です」

赤音は胸を張って答える。

「ではでは、警察が来るまでの暇つぶしで構わないから、ちょっとアリバイ聞かせてくれる？」

「談話室の方が雰囲気でるからそこに移動で！」

との赤音の主張で場所は暖炉とソファのある談話室へと移っていた。

人は小さな要求に従うと自然と次の要求も受け入れ易くなる。

また、雰囲気というのも意外と重要だ。

探偵だからと言って何かしらの捜査権限があるわけでもない。従う義務も義理もないが、雰囲気にのまれると疑問を抱きづらくなる。

赤音（あかね）はそうしたハッタリや話し運びが上手（うま）かった。

加えて容姿が華やかで多少慣れ慣れしくても嫌悪（けんお）感を持たれない魅力があった。

「部屋も暖かい方がいいしね～」

赤音（あかね）は火掻（か）き棒で暖炉の薪を動かし火力を調整する。

「さてさて」

そうして暖炉のそばの特等席、一人掛けソファに座る。

「皆さんも座って座って」

一同は促されソファや椅子に座る。

「じゃあまずは大学生グループから聞こうかな。君たちは昨日の夜、なにをしていたのかな？」

「昨日の夜は俺の部屋に集まって飲んで、それでそれぞれの部屋に戻ったじゃんね？」

「それな」

「マジでそれ」

三人の男子大学生は昨日の夜は酒盛りをしていた。その声が漏れ聞こえていたのは青士（あおし）が確認している。

「何号室に集まって何時に解散したの？」

「203号室に集まって確か二十三時には解散したじゃんね？」

「明日に響く～つってな」

「マジでそれ睡眠の重要性」

「で、それぞれの部屋に戻るときも特に異常は何もなかったと」

「イェア」

軽い様子だが当事者意識がないのだろう。この大学生たちにとって被害者はしょせん他人だ。人が死んだと聞かされても現実感が湧いていないのかもしれない。

「次は関係の深いこっちだね～」

赤音(あかね)は本命とばかりに社会人グループに向き直る。

上司の年配男性とその部下の男女だ。

「じゃあ女性の方から聞いてみようかな？」

「……昨日は二十一時には寝ていました。夕食のあと薬を飲んでそのまま……」

「薬？」

「あ、薬局でも売っている軽い睡眠改善薬です。不眠症気味で眠るためにいつも飲んでいるんですが、昨日は疲れていたのかすぐに効いて寝てしまって……」

女性はポーチから市販薬だというそれを取り出す。

「ふーん。睡眠薬かぁ～」

赤音はじろりと女性を見る。

「あ、本当にちょっと眠くなるってだけなんですよ？　風邪薬程度の、決して昏睡したりとかは……」

女性は慌てて弁明する。被害者は何らかの理由で意識を失い凍死した。そこに睡眠薬というアイテムはおあつらえ向きだ。そんなものを所持していると疑われると思ったのだろう。

「それに、私があの人にそんなことするはずないです。本当に、今でも信じたくなくて……」

「近しい人が亡くなってつらいのにごめんね」

赤音は同情の意を示す。

「じゃ、次はその同僚の男性の方！」

示したのもつかの間、パッと切り替えて次のアリバイ確認に移る。

「俺は死んだアイツとは零時近くまで飲んでいたよ。俺が飲ませすぎたのが原因って言われればそうなのかもしれないけど、一緒に飲んでいるときは部屋に暖房がついていたし、窓も開けてなかった……。それに別れ際はアイツも起きていた」

「ふんふん。ところで部屋をでたときも窓は閉まっていた？」

赤音はじっと相手を見つめる。

「ああ、鍵も掛かっていた」

「なるほど。ありがとね」

　同僚男性からの聴取もそこそこに切り上げる。

「じゃあ最後は上司さんだ」

「私は二十三時ごろまでずっと部屋で本を読んでそのまま寝たよ。本当はもっと早く寝たかったんだが、私は２０４号室で、隣の２０３号室が騒がしかったんでな」

　年配男性は大学生グループを睨む。

「ア、っスー」

　大学生たちは気まずそうに目線をそらす。

「ちなみに部屋から出ないでそのまま寝たというのを証明したりは？」

「ずっと一人だったからできないな。だがそれは他の者も同じではないかね？」

「それはその通りだね～」

　アリバイとはその人物が事件に関わっていないという現場不在証明だ。

　それは自分の証言以外に何か証明できるものがなければ成立しない。

　唯一アリバイがありそうと言える大学生グループにしても、仲間内で口裏を合わせていればいくらでも偽装できる。

　そもそも何時に犯行が行われたのか確定してないのに就寝時間を聞いても意味がない。

「最後はオーナーさんだけど、二十二時過ぎに私たちの部屋に湯たんぽもってきてくれたあとに、そのまま寝たんだよね？」

「ひ、その通りです……」

これで全員分の話は終わった。

暖炉でパチリと薪がはぜる音がした。

「……それでこんな茶番で何かわかったとでもいうのかね？　アリバイといっても証明も何もしようがないじゃないか」

しびれを切らした年配男性が責める口調で言う。

「そうだね〜。全員のアリバイが証明不可能。そもそもドアの鍵は開いていたから誰でもいつでも犯行可能。なんなら外部犯の可能性もゼロじゃないよね」

各所に監視カメラでもあれば別だが、こんな個人経営の山荘にそんなものはついていない。

昨夜何が起きていたか証明するものはない。

「そんなの犯人なんてわかりっこないじゃんね」

「それな」

「マジでそれ」

大学生たちも呆れたように言う。

「まあ現実は推理小説じゃないからね〜」

推理小説の場合は登場人物全員にアリバイがあり、そこから探偵がトリックを見破りアリバイを崩して犯人を特定するのが王道だ。

あるいは密室事件や殺害方法が不明など、そうした謎を華麗に暴く。

だが現実はそう都合よくお膳立てされていない。警察による地道な聞き込みと科学捜査。そして執拗な事情聴取で事件は暴かれる。何日も、あるいは何か月も何年も掛けて……。

だからこれは、ミステリーなどでは決してない。

「じゃ、犯人わかったから結果発表しまーす」

「「!?」」

一同に衝撃が走る。

「何を馬鹿な！　さっき何もわからないとなったじゃないか！」

年配男性が怒るのも無理はない。証明が不可能だと言ったばかりだ。

「でも多分合ってるよ。私って犯人外したことあんまりないから」

「多分って無責任な……！」

「いいからいいから。じゃいくよ～指差すから緊張しないでね」

赤音は人差し指を高々と掲げる。

「今回の犯人は～」

もったいぶったタメを作って。

「上司さん！　と、見せかけて同僚のあなた！」

第一発見者の同僚男性を指差した。

「あなたは見事犯人に選ばれました！　ぱちぱち～！」

「は？　俺？　な、なにを言っているんだ……」

「動機は想像だけど恋愛関係のもつれかな？　亡くなった被害者とそこの女性が良い感じになってて、それに嫉妬したあなたは酒の席でついに不満爆発。何らかの方法でつい被害者を昏倒させてしまったあと、悪魔が囁いたのか窓を開けて暖房を切って凍死する環境にしてから普通にドアから出た。みたいな？　うーんラブロマンス」

「ふ、ふざけるのもいい加減にしろ！　こっちは連れが死んでいるんだぞ！」

男性は抗議の声を上げる。その反応は真っ当だ。

「でもあなたが一番怪しいんだよね。そこの彼女は本気で悲しんでいたし上司さんも部下の死にうろたえていた。大学生グループはそもそも関わりがないし、オーナーさんも自分の山荘で殺人事件なんて起こしたくない。金目の物がとられたわけじゃないから強盗目的の外部犯でもない。動機があるのがあなただけなんだよね。アリバイ聞いたときに用意していたように淡々と話したのもなんだかなーって」

それに対する赤音の反論はひどく主観的だ。

「私はアリバイなんかどうでもよくて、皆の態度を見ていたんだよね」

赤音の目は常に相手の顔に向けられていた。

目を引く容姿、ハッタリを押し通す魅力、慣れ慣れしい言動。それらは見る人の平常心を揺さぶる。

「それで、あなたが怪しいなって」

「怪しいから証拠もなく犯人だなんて馬鹿げている！　不愉快だ！　警察が来てちゃんと捜査してくれるのを待たせてもらう！」

態度を見て勘であなたが犯人です。では誰も納得しないだろう。

男性以外の周りの者たちも赤音に懐疑や失望の目を向ける。

「うーん。赤音ちゃんはこのぐらいかな」

赤音は気にした様子もなくソファから立ち上がる。

「じゃあここからの探偵役は青士にバトンタッチしまーす！」

そして唐突に皆の意識の外だった青コートの青年、青士にバトンが渡った。

一同は今まで赤音の言動に意識を割かれていて青士の存在を忘れていた。

寒いのか室内でもコートを脱がず、アリバイ聴取のときも隅で座ったままスマホか何かを見ていた。

そんな青士に注目が集まる。

「青士、いけそう？」

「今終わった。あとは任せろ」

赤音から明け渡された暖炉前のソファ。探偵席とも言えるそこに青士は深く座る。

そうして探偵役が赤音から青士に引き継がれた。

「赤音、いや妹が失礼した。しかし俺の話を聞けば諸君も納得するだろう」

青士は長い脚を組み一同を睥睨する。

「身構えなくともすぐに終わる。俺の仕事はもう終わらせたからな」

「まだこの茶番は続くのか？」

男性は苛立ちと嫌悪感を隠そうとしない。

青士たちの探偵という肩書きも信頼度が落ちている。

「まず先ほどのアリバイ聴取の内容だが全員概ね真実を語っている。それぞれが自室に戻った時間は証言の通りだ」

「だから証拠がないと言っているだろう！　動画でも撮ったってのか⁉」

「ああ、撮った」

「…………は？」

「これだ」

青士が手にしているのは手のひらに収まるサイズの迷彩柄の平たい物体。

「トレイルカメラだ。モーションセンサー搭載で範囲内に動くものがあると自動撮影する」

「トレイルカメラ……？」

「元は野生動物の観察用のカメラだ。ある程度寒さにも強く、センサーに反応した時しか録画撮影しないから長時間バッテリーが持つ。これを昨夜二十二時ごろに二階の廊下に仕掛けておいた。隠すのにちょうどいい観葉植物があって助かった」

青士は淡々と機械の説明をする。

だが男性が、いや談話室の一同が気になっているのはそこではないだろう。

「なぜ廊下にカメラを……？」

「？　こういうことがあるからに決まっているだろう」

……………？　談話室が理解できないといった空気に包まれる。

「いやいやおかしいじゃんね？　普通こんなこと起きないし、そもそも盗撮じゃんね？」

大学生の指摘はもっともだ。

「確かに第三者の私有地や建物にカメラを仕掛けることは探偵といえど違法だが、家主に許可を取れば問題ない。オーナーには昨夜公共スペースを撮影する許可を貰っている。そうだな？」

「ええ、確かに昨夜そう言われましたが……」

この山荘に着いたばかりのころ、赤音が内装の雰囲気を褒めていたときだ。

「だから俺は公共スペース、つまり二階の廊下にカメラを設置した」

「その行為がおかしいと言っている！」

同僚男性が声を荒らげる。普通は廊下にカメラなんて仕掛けない。

「念のためだ。探偵だからな。それに一番の問題はそこではないだろう」

青士はカメラのモニター部を見せ、撮影された動画を飛ばし飛ばしに再生する。

「証言通り大学生たちは二十三時にそれぞれ自室に戻り、同僚のアンタは零時に２０６号室から出てきた。それ以降は朝まで誰も二階の廊下を通っていないし、２０６号室には誰も入っていない」

それは紛れもない「証拠」であった。

「つまり本当の意味で最後に被害者の部屋をでたのは同僚のアンタだ」

「犯人決まりじゃん……」

「それな……」

「マジでそれ……」

大学生たちだけでなく、上司や同僚女性も男性に疑いの目を向ける。

「本当に君がやったのかね⁉」

「なんであの人を……！」

四面楚歌となった男性は立ち上がり反論する。

「ふざけるな！　最後にドアから出ただけで犯人!?　そんな杜撰な言い掛かりで納得できるか！　大体窓が開いていたなら外からいくらでも侵入できるだろう！」

「あれあれ～？　さっき赤音ちゃんがお話聞いたときに窓は閉まって鍵も掛かっていたって言ってなかった？」

「っ、あれはその、そのあとに本人が換気で窓を開けたかもしれないだろ！」

「それでたまたま開けた窓から、吹雪の中誰かが侵入してきたというのがアンタの主張だな？」

青士は確認するように問う。

「ぐっ。そもそも！　俺はこれが殺人事件だなんて思っていない！　その根拠だって寒さで体が丸まっていなかったってだけじゃないか！　足を滑らせて床に頭を打ってそのまま気絶して凍死した可能性だってあるだろ！」

「頭を打って気絶。そうだな、現場保存のために遺体には最低限しか触っていないが、頭部をよく調べたら打撃痕があるかもしれない」

「そ、そうだろう!?」

「というよりあった」

「……あ、あぁ？」

「これは言ってなくて申し訳ないと思うが、俺が被害者の首筋に指を当て死亡を確認したとき、いや、死亡診断は医師にしかできないから心肺停止および死冷体温を確認したときというべきか、ともあれそのときに後頭部に腫れを発見していた」

「え、それ赤音ちゃんも聞いてないんだけど！」

「その方が犯人を泳がせられると判断した」

青士は些細なことだと首を振る。

「だったら！　もう事故だろう⁉　アイツは酔って勝手に転んだだけだ！」

「それはどうかな。打撃痕はぶつかったものによって様々だ。ぶつかったのがどんな材質・形状のものかは警察が調べればわかることだろう」

「結局警察頼りじゃないか！　ハッ、何が探偵だ！　人を疑って名誉を傷つけたことを覚えておけよ！」

「ところで、昨日の酒は何を飲んだんだ？」

「はぁ？　オイオイ話題そらしかァ～？　みっともねえなあ探偵さんよ！」

男性の態度はどんどん横柄になっていく。

「最初に俺があの部屋に入ったとき、倒れたコップと数本のビール缶があった。コップで何を飲んでいたんだ？」

「あ？　コップでって……そりゃ、に……ビールを……」

しかしその威勢がしぼんでいく。

「缶ビールをお行儀よく注いで？　それに数本の缶ビール程度で泥酔するだろうか。被害者は下戸だったのか？」

青士は同僚女性に目を向ける。

「あの人はむしろお酒に強くて、日本酒とかをよく飲んでいました……」

「なるほど。つまりコップは日本酒を飲むためだったと。そして酔いが回ってきたところに日本酒の瓶で被害者の後頭部を打撃。瓶は証拠隠滅のために窓から投げ捨てたというわけか」

「妄想も大概にしろよ⁉　そんな事実はないし証拠もない！　日本酒の瓶なんか知るか！」

「そうか？　だがこれはアンタのように見えるが」

青士はスマートフォンの画面を一同に見せる。

そこには男性が窓から身を乗り出し瓶を投げ捨てる様子が写っていた。

「あ……え……なん、これは……」

「最近のスマートフォンは望遠も夜間撮影モードも凄いな。これは206号室の窓だ。窓から乗り出しているのはアンタだな」

「いや、おかし……え……」

「これを撮影したのは零時になるちょっと前だ。このときは酔っ払いが窓から瓶を不法投棄しただけかと思ったが、証拠隠滅のためだったんだな。確かに周囲は警察も到着できないほど雪の積もった山野だ。瓶は雪解けまで見つからないだろうな」

「な、んで……こんな写真を……これもさっきのカメラを仕掛けて……？」

「いや、外は吹雪だ。レンズに雪がつくし低温過ぎるとバッテリーもすぐなくなる。何よりこんなピンポイントで撮影できない」

「じゃあなぜ……」

「俺が自分で撮ったに決まっているだろう？　山荘前の駐車場の車の中から」

「………………」

もはや男性は「なぜ」という言葉すらでなかった。

「屋内だけでなく屋外の見張りもしないと不十分だ。だから昨夜俺は車の中で毛布をかぶってずっと山荘を監視していた。そのときに窓から人が乗り出すのが見えたからスマートフォンを向けた」

凍死者が出るほどの吹雪の夜に、車の中とはいえ一晩中の見張り。

「オーナーの心遣いの湯たんぽがなければ凍死していたのは俺だったかもしれないな」

「もー青士（あおし）ったら結局部屋に帰って来たの明け方だったんだもん。心配したんだからね？」

何事もないように言っているがその行動は常軌を逸している。

事件が起きるかもしれないから、一晩中寝ずに見張っている？

「探偵がいるところに事件は起きる。だから前もって警戒するのは当然だろう？」

男性は膝をつき頭を抱える。

初めから、いや、それ以前に、事件が起きる前からこの探偵からは逃れられなかったのだ。

「……いや、いやいやいや」

男性がつぶやく。

「いやいやいや、いやいやいやいやいやいやいやいや」

壊れたようにつぶやく。

そして唐突に立ち上がった。

「おかしい、おかしい、おかしいだろ⁉　そんな前もってカメラとか見張りとか、おかしいだろ‼　あぁ⁉　そうだ！　お前ら全員グルなんだろ⁉　寄ってたかって俺を嵌めたんだろ⁉　オーナーも、お前も、お前も、お前らもだ‼」

男性は談話室の全員を順に指差す。

「お、落ち着きたまえ」

「うるっっっせぇぇぇえええええ！」

上司である年配男性の言葉も耳に入らない。

「だいたい上司の顔色窺って来たくもねぇスキーに来てよぉ！　それも狙ってる女がいたから

我慢したってのに、酒の席で聞かされたのはアイツがその女とよろしくヤってる自慢話だ！　それでぶん殴ったついでに殺してやったのに……。ほんとはアイツも生きてんだろ⁉　全部仕組んだんだろ⁉」

「何のことかわからないが、それは自白とみなしていいんだな」

青士はソファに座ったまま確認をとる。

「ッお前がァ！　テメェがいるからいけないんだ！　アイツなんだろ⁉　なんで死んでないんだよ⁉」

男性は完全に錯乱状態に陥っていた。もはや誰が誰かもわかっていない。

そして、暖炉の横にあった鉄製の火掻き棒を手に取る。

「死んだならッ、ちゃんと死んどけよォ！」

それは青士の頭に向かって勢いよく振り下ろされる。

あわや頭蓋が叩き潰されるその寸前。

火掻き棒は何かに弾き飛ばされた。

「あ、ああン……？」

そこには上段蹴りを放った姿勢の赤音。

赤音は振り下ろされる火掻き棒を蹴りで弾いたのだ。

「盛り上がるのは結構だけど、青士に怪我させたら殺すよ？」

そこに先ほどまでの能天気な雰囲気など一切ない、冷徹な目で男性を見ていた。

「ひ、あ、あぁ……」

怯んだ男性の前に青士が立つ。

「探偵は荒事にも巻き込まれやすい」

「く、くそがぁぁあああ！」

男性はなおも青士に殴りかかろうとする。

「だからこんなこともあろうかと」

その暴力が届く前に、振りぬいた青士の手刀が男性の顎先を掠めた。

「あぇ？」

男性は糸が切れたようにガクンとその場に倒れ込んだ。

「護身術程度は身に着けているさ。常識だろう？」

§

山荘の前に幾台ものパトカーが停まっている。

事件の犯人は逮捕され形ばかりの事情聴取も一段落したところだ。

「……では今回は睦月探偵社への依頼という形で、正式な契約書と振込口座は後日送付する」

オーナーへの確認事項を済ませて山荘から出てくる二人。

「ん～やっと終わった。もう昼近いじゃん」

「この程度で解放されたのは重畳だろう。悪くない稼ぎだった」

「結局いくらだったの？」

「言ったらその分使うだろう」

「えぇ～そんなことないよ！」

軽口を言いながら荷物を車に載せる。

「さて行くか」

青士が運転席に乗り込もうとしたとき、一台の車が駐車場にドリフトをしながら突っ込んできた。

黒塗りで屋根が布張りのクラシカルな外車が急停止する。

衆人環視の中、勢いよく運転席のドアが開け放たれた。

「事件あるところに探偵あり……」

ステッキをついて降りてきたのは見た目十五歳ほどの一人の少女。

黒のゴシックドレスにブラウンのトレンチコート。

「すなわち事件あるところにわたくしあり……」

ハンチング帽に縦巻きロールの髪。

「名探偵、八雲迷子ただいま参上ですわ！」

その探偵は高らかに見栄を切った。

冷たい冬の風が吹く。

「事件とっくに解決したじゃんね」

「それな」

「マジでそれ。早くゲレンデいくべ」

大学生たちがその前を素通りする。

警察官たちも特に注意することなく自分の仕事に戻った。

「え？　え？　ちょ、どうなってるんですの⁉」

探偵と名乗る少女は困惑してあたりを見回す。

青士も無視して車に乗り込もうとした。

「そこの方！　ちょっと待ってくださいまし！」

青士はなおも無視したが、人の好い赤音が反応する。

「んー？　どうしたの？」

「ここで殺人事件があったと聞いたのですけれど」

「それなら私たちが解決したよ。この名探偵赤音ちゃんの推理が冴えわたってね」

「探、偵……？」

少女はフリーズしたあと、血相を変えて赤音に詰め寄る。

「お話、詳しく聞かせてくださいな！」

国道沿いの喫茶店。

閑散とした店内。ボックス席のテーブルの片側に青士と赤音、対面に少女が座っていた。

「──それで青士の手刀により犯人はノックダウン！　これで事件は見事解決したのでした」

赤音はドヤ顔で事件を語り終えた。

「な、なななななんですのそれは⁉」

話を聞いていた少女はテーブルに身を乗り出す。

「仕掛けのカメラに張り込みの車内からの写真？　そんなの全然推理じゃありませんわ！」

「俺は推理したとは言っていない。証拠を出しただけだ」

「私は推理したよ。どう？　どう？」

「貴女の推理はただの勘でしょう⁉　怪しいだけで犯人を特定だなんて横暴ですわ！　インチキ探偵ですわ！」

「ひっどーい！　青士もなんか言ってよ！」

「ふむ、一つ実演するか」

青士は十円玉を取り出し少女の方へ滑らせる。

「下で隠して左右どちらかの手に握れ。赤音はそれを連続で当てるだろう」

「コイン当てですの……？」

少女は言われたとおりにする。赤音がそれを見て、推理をする。

「んー、右かな」

一回。

「右、と見せかけて左！」

二回。

「右っぽいけどうーん、あ、目が泳いでない？　じゃああえての左！」

三回、四回、五回と連続で当てていった。

「う、嘘ですわ……」

「ただの観察眼と揺さぶりだ。表情や視線、手の握り方。それらは時に言葉よりも雄弁だ」

熟練の刑事が持つようなスキルだが、赤音はそれが抜群に上手かった。

「左！　あれ？　外れちゃった」

六回目、赤音が指した少女の手には十円玉はなかった。

「外すときは外すようですわね」

「ああ、だから俺がフォローをする」

そうして青士はスマートフォンの画面を見せる。

それはテーブルの下を撮った写真だ
少女が十円玉を握らず、ゴシックドレスのスカートの上に置く様子が写っていた。

「当てられないために最初から握らない、か。その行動は予測済みだ」

「な、ななな、なにを撮っているんですの!?」

「証拠だ。これで俺たちのやり方が理解できたと思うが」

「そうじゃなくて！　その写真スカートのし、下も写っているじゃありませんか！」

「下？　十円玉があるのは上だが」

画面を確認する青士。

十円玉があるのは黒のスカートの上だ。

その下には白い布しかない。

「写真にブレもピンボケもない。しっかりと証拠が写っているが」

「今すぐ消してくださいまし！」

「証拠を消せと？　それは罪から逃れるための脅迫か？」

「チョップ！　そこには乙女の純情が写っているから消しなさい青士」

赤音にも責められ青士は渋々写真を消した。

「……お二人のやり方は十分わかりました」

心なしか少女は膝を正して座り直した。

「しかし、そもそもカメラで撮っていたならアリバイ聴取なんて茶番はいらなかったのでは？」

先の雪山山荘事件。はじめから証拠が揃っていたならば、赤音の聴取がなくとも最初にそれを突きつければ良かったのではないか。と少女は指摘する。

「それは違う。カメラに映っているのはあくまで『最後にドアからでた人物』と『窓を開けて何かを投げている人物』だけだ。最初にそれを見せてお前が犯人だ。では誰も納得しないだろう。それに先に証拠を見せれば供述内容を変えられてしまう」

「うぐ、確かにそうですけど……」

「事件を整理し、犯人を絞り込み、言質を取り、証拠はあるのかという状況まで持っていく。そうして初めてこの写真は効力を持つ。常識で考えればわかることだと思うが」

「なっ……」

馬鹿にしたような物言いに少女は顔を紅潮させる。

「青士ってこういう性格だしいつも眉間に皺が寄ってて近寄り難いでしょ？　あんまり人からお話聞くのが得意じゃないんだよね。一方的に話す説明とかならいいんだけど」

「適材適所だ」

話を聞きだすのは得意だが、直感頼りで論理的な説明が苦手な赤音。

人の心を読むのは苦手だが、証拠を集め論理的な説明が得意な青士。

互いに補うのがこの双子の探偵であるという。

「さてさて。いまさらだけど君はどういう子なのかな～？」

赤音はクルクルと少女を指差す。

黒のゴシックドレスにブラウンのトレンチコートという独特のファッションセンスを持つ少女はコホン、と改まって名刺を差し出した。

「わたくし、こういう者ですの」

【八雲探偵事務所　八雲迷子】

「やくも……まいごちゃん？」

「め、い、こ！　迷子ですわ！　ふりがなあるでしょう⁉」

「名前を付けた親の常識を疑うな」

「貴方にだけは常識うんぬんと言われたくないのですが、名付けは祖父ですわ。なんとわたくしの祖父はあの平成の名探偵と並ぶ凄腕の探偵でしてその名も――」

「別にどうでもいい」

青士は興味なさそうに残り少なくなったコーヒーを飲み干した。

「わかった！　迷子ちゃんは探偵に憧れているんだ！　それで本当の事件を華麗に解決した私たちに話を聞きたかったんだ。映画の探偵みたいなコスプレして口調でキャラ付けまでしてお手製の名刺も作っちゃって、可愛い～」

「わたくしも探偵です！　八雲探偵事務所の所長ですわ！　二十歳ですわ！　多分お二人より年上ですわ！　あとこれはキャラ付けじゃなくて素ですわ！」

見た目は十五歳ぐらいの少女にしか見えない迷子が胸を張って答えた。

「嘘⁉　成人してるの？　二十歳って、えー……お酒飲んでたら補導されそう」

「さっき車を運転していただろう。見た目と年齢が一致しないぐらいで別に驚かない。迷子は極度の童顔というわけだな」

「だから年上と言っていますでしょう⁉　名前呼びはやめてくださる⁉」

「でも八雲ちゃんより迷子ちゃんの方がしっくり来るんだよね〜」

「あーもう！　それでいいですから話を脱線させないでくださいまし」

「んー？　脱線って？」

事件の顛末を聞かれたので話した。

解決方法についても話した。

だからもう話は終わりのはずである。

「わたくしが華麗に解決しようとしていた事件が既に解決されていた。それも話を伺ったらまるで事前に事件が起こることがわかっていたような形で！　犯人の言い分じゃありませんけどおかしいですわ。腑に落ちませんわ」

「念のため警戒していただけと言っただろう」

「それで吹雪の中、車内で一晩中スマホのカメラを構えていたと？」

「常に構えていたわけじゃない。動画を流して割とリラックスしていたさ」

「………」

迷子はじっと青士を睨む。絶対に納得しないという構えだ。

「それに、金銭も要求していましたわよね？　事件解決と引き換えにオーナーに」

迷子は青士を睨み、青士は赤音を見て、赤音は舌をだして目線を逸らした。

「ちょっとしゃべりすぎちゃったかも？」

赤音は調子に乗って赤裸々に事件を語っていた。

「……探偵だから別に金を貰ってもおかしくないだろう」

「ですが貴方はまるで事件が起きるのを知っていたかのように行動していた。もしこれが何か仕組んだ上でのことだとしたら、警察にしっかりと捜査してもらう必要がありますわね？」

「ふむ」

青士は口元に手をやり一考する。

「ねね、良いんじゃない？　別に悪い子じゃなさそうだし」

「赤音が余計なことを言わなければ、いや、どのみち諦める様子ではないか」

青士は深いため息をつき、そして口を開いた。

「山荘で迷子は『事件あるところに探偵あり』と言ったが、俺たちで言うならば『探偵あるところに事件あり』だ」

「ど、どういうことですの……？」

「魔が差す。という言葉があるだろう？　犯罪者のコメントとかで『つい魔が差してしまった』とかいうあれだ」

やってはいけないことだけど、気づくとやってしまった。悪魔の囁き。

「俺たちの周囲にいる人間は魔が差しやすくなる。やってはいけないことをやりたくなるんだ」

「は、はいぃ～？」

迷子はすぐには理解できないと言った様子だ。なんの与太話だろうかと。

「そういうわけで俺たちのいるところには事件が起きる。だから予め手を打っておくわけだ」

「……本気で言ってますの？　そんなオカルト信じられませんわ」

「オカルトか、確かにそうだな。ミステリーなんかではなくオカルトだ。今回のような事件は初めてじゃない。殺人まではいかない未遂や傷害事件も含めれば百は下らないだろうな」

迷子は赤音の方を見る。この男が言っていることは本当なのかと。

「ほんとだよー。だから一つの場所に留まらないように全国を旅してるんだ。留まれば留まるほど事件の発生率は上がっていくから。今回は一晩だけだから大丈夫って思ったんだけど、運が悪かったね～」

「本気なんですのね……」

「だからあの山荘の殺人もその結果というわけだな」

「お二人の言い分を信じるならば、例えばわたくしや、この喫茶店の店員が急におかしくなって人殺しをするかもしれないと？」

「それはない。必要なのは『動機』と『状況』だ。やってはいけないけどやりたいと強く思う『動機』と、今ならできるんじゃないかという『状況』が合わさったときにふと魔が差す」

普通ならば思い止まることを、ブレーキが利かずついやってしまう。

「まあこれは俺たちが経験からそう思っているだけで、実際のところはわからない。最後に暴れたあの犯人のように、極度のストレスに晒されるとより顕在化しやすい傾向がある」

すべては経験則でしかないが、と青士は付け加える。

「迷子みたいに感情が声にでるタイプは比較的大丈夫だな」

「なんだか馬鹿にされてる気がしますわね!?」

「とりあえずストレスを溜め込んだ人ほど危ないってコトだねー」

「まさに今多大なストレスを受けてますわ！」

声を上げる迷子をヨソに青士はコーヒーを手に取る、が空なのに気付き舌打ちする。

「ともあれ、この体質とはそこそこ長い付き合いだが確実なことは何も言えない」

「体質……あくまで体質だと、そういうんですのね」

「私たちは禁忌誘発体質って呼んでるんだ。カッコいいでしょ」

禁忌。タブー。それは「やってはいけないこと」の意。

道徳的、社会的に禁じられていること。だからこそ人間社会では発散できず、抑圧された欲求はふと魔が差したときに禁忌を犯す。

「……それで事件を起こして事前に握った証拠でお金稼ぎを？　自作自演じゃありませんか」

「もちろん俺たちも不幸な事件が起きないように神に祈っているさ。無宗教だがな。それに探偵なんて元から死体に群がるハイエナみたいなものだろう」

「なっ、そんなこと……！」

「どのみち俺たちみたいなのが普通に働けるわけがない。だが何をするにも金が要る。速やかに解決している努力にむしろ感謝して欲しいがな」

青士は悪びれることなく言い放つ。

「……その体質で事件が発生することに罪悪感は？」

「魔が差した程度で人殺しをする奴は、俺たちがいなくてもいずれ人を殺すさ。殺された奴もそれ相応の理由があったんだろうよ」

そんな自分勝手な物言いの青士を八雲迷子は強く睨みつける。

「貴方みたいなのが探偵だなんて、わたくし絶対に認めませんわ！」

「別にアンタに認めてもらう必要はない。公安委員に届け出をすればそれで探偵だ。手数料に五千円も掛からん。探偵ってのはお安いな？」

　青士は迷子の視線を見下すように睨み返した。

　剣呑な雰囲気となるが、そこに仲裁が入る。

「ねーえ、二人ともそんな情熱的に見つめ合わないで。赤音ちゃん嫉妬しちゃうよ？」

「べ、別に見つめ合っているわけでは」

「ふん……」

　青士は興味がないとばかりに横を向く。

「それに事件を食べ物にしようとしているのは迷子ちゃんだって同じじゃないの？　今回の事件だってあんなに急いで現場に来て」

「あれはっ、近くで何か事件があったって聞いて、そしたら居てもたっても……」

「ただの野次馬根性か」

「し、仕方ないでしょう？　探偵と言っても浮気調査や素行調査ばかり。殺人事件なんてそうそうお目にかかれるわけでは……不謹慎なのは承知しておりますが」

　迷子はばつが悪そうにコーヒーカップで口元を隠す。

「ふーん。迷子ちゃんってあんまり探偵経験ないんだ？」

「今回みたいなのはないだけで実務経験はバリバリですわよ!?　大企業の顧問探偵だってしてますのよ！」

祖父の仕事を受け継いだだけですが。とボソリと付け加える。

「へーすごーい！　有能なんだ！　大企業相手とか敏腕探偵って感じ」

「び、敏腕……。まぁ多少語弊があるというか正確には大企業というよりその経営者というか関係者というか、いやそうではなく……これ以上は守秘義務、そう守秘義務ですわ！」

過度に持ち上げられて都合が悪くなったのか言葉を濁す迷子。

「でもそういうツテがあるとお金に困らなくてよさそうだねー」

「ですがそのツテも此度の訃報でどうなるか……って、こんなところで茶をしばいている場合じゃありませんわ。今夜中に都内に行かないと！」

迷子は何かを思い出したように慌てて立ちあがる。

「この度は興味深いお話ありがとうございましたわ。わたくしの思う探偵像とは違ったのが残念ですが……」

八雲迷子はハンチング帽を被り、

「それでも探偵を続けるならばいずれまた、迷宮の四つ辻でお会いするかもしれませんわね」

去り際に無駄に格好をつけたセリフを述べた。

「待て」

そんな迷子を青士が制止し、一枚の紙を差し出す。

「これは……」

「――伝票だ。話を聞かせたんだからここはアンタが払え」

「っ、わかってますわよ！　もうっ」

迷子は伝票をひったくってレジへ向かっていった。

「賑やかな子だったね～」

「だがああいうのに目を付けられ始めたとも言える」

いらぬ注目を集めれば今のような流浪の生活はできなくなるだろう。

「でもさー隠れてどこかに住もうにも……ねぇ？」

体質のせいで普通に働けないのもそうだが、なにより普通の住宅街に定住することはできない。何か思うところがあるのか、赤音は過去を悔やむ目をした。

「ちまちま小金を稼ぐより、次の段階に移行する時か。幸いツテはできたわけだしな」

「あー悪いこと考えてる？」

「口を滑らせたのは向こうだ」

赤音の言葉に自尊心をくすぐられ、言ってはいけないことを漏らした迷子。

青士は喫茶店の窓へスマートフォンを向ける。その先には慌てて走り去るクラシックカー。

「さて、次はいくら稼げるか」

二章　招かれざる者の葬儀場　通夜振る舞い服毒事件

犯人の独白

気に入らない。気に入らない。気に入らない。
全てが気に入らない。
言動の一つ一つが癇に障り、死ねばいいと強く願う。
——いっそ殺してみようか？
スッキリするだろう。晴れ晴れするだろう。
しかし馬鹿な考えだ。そんなことは当然できない。
この程度は我慢しなければならない。唇を噛み、それすらもさとられないように。
ああでも、死ねばいいのに。本当に。
あるいは苦しむ姿でも見れば溜飲も下がるだろうか。
自分が直接手を下さなくても、方法はあるだろうか。
その毒杯を用意するのは自分ではなく、飲ませるのも自分ではない。
そんな方法があれば、やってみようか。

本気で殺そうとは思っていない。

ただちょっと、魔が差しただけだから。

§

都内某所の由緒正しき寺。

寺の塀にぐるりと張られた黒と白の鯨幕は、今が葬儀中であることを表している。

亡くなったのはよほど影響力の大きい人物だったのか、通夜に参列する弔問客の列はとどまるところを知らない。

「渋滞に嵌ったときは終わりかと思いましたが、なんとか間に合いましたわね」

肩で息をしながらそう呟いたのは喪服用に抑えめのゴシックドレスを纏った探偵、八雲迷子だ。

葬儀会場の入り口には故人の名前が書かれた看板が立っている。

【故　一柳龍一郎　儀　葬儀式場】

享年八十二歳。

日本有数の不動産企業である『一柳グループ』の会長であり創業者一族の当主である。

その影響力は政財界にまで及び、弔問客の中には政治家や有名企業の社長の顔も珍しくない。

メディアでも訃報が報じられたほどだ。

そんな大金持ちの葬式。

迷子がこの葬式に来たのは雇い主が故人と深い関わりにあるからだ。

この葬式があるからこそ、依頼が入ったとも言えるが……。

「大富豪の死。何かが始まりそうな導入。昼に奇妙なお二人にお会いしたことといい、ようやくわたくしにもミステリーな風が吹いてまいりましたわね！　と、不謹慎でした……」

葬儀の場で言うことではないと、迷子は口に手をあてる。

「一先ず焼香を上げるのがマナーですわね」

焼香を上げるために列に並ぼうとするが、人が多いのでどこが列の終わりか迷う。

「ごめんくださいまし。こちらが焼香の最後尾でよろしいでしょうか？」

確認のため前の弔問客に声をかける。

「そうですよー。って迷子ちゃんだ！」

「ふむ、奇遇だな」

「え？　なっ、なんでお二人がここに……!?」

迷子が声をかけたのは見知った二人の男女。

喪服姿の青士と赤音がそこにいた。

§

通夜振る舞い。

通夜後の会食であり、本来なら葬式に来てくれた弔問客に食事を振る舞うことだが、昨今では親族や主立った関係者のみの会食となることが多い。

長テーブルの上に置かれた寿司桶を囲み、故人の思い出話などをして偲ぶ。

とはいえ葬儀の規模が大きくなればその会場も大きくなり、この葬儀場に併設された大ホールには椅子とテーブルがずらりと並び、百人近くが一堂に会していた。

そんな会場の一番端。寿司桶に夢中の声がする。

「おーいしーー！　大トロだよ大トロ！　ほんとにとろける！　青士も食べてみて！」

「俺が生ものを食べないのは知っているだろう」

「えー、もったいない。ちゃんとしたお寿司だからお腹壊さないよ」

赤音はぱくぱくと寿司を平らげていく。

その様子を同じ席で見ていた迷子はわなわなと肩を震わせる。

「お二人はこんなところで何をしてますの⁉」

「何ってお寿司食べてるけど……あ、中に入れてくれてありがとね！」

「そうではなく、ああもうっ、あの時なんでわたくしは脅しに屈して……！」

寿司桶を囲むより少し前、焼香の列に並んでいる時に青士が迷子にスマホの画面を見せた。

「――少し不鮮明な画像だがこのクラシカルな車に乗っている女性は慌てていたのかシートベルト未着用で発進してないだろうか。着用義務違反かどうかぜひ第三者に確認してもらいたくてな。もしただの見間違いだったら画像を削除するんだが、何分不鮮明なもので立ち話ではなく落ち着いた席で一緒に見てもらいたいんだ。おっと指が」

そう言って警視庁通報フォームのページを表示させた青士に、その時の迷子は通夜振る舞いの席に案内するほかなかった。

「脅し？　何のことだ。確認協力に感謝する。不要な画像は消しておこう」

「いや〜タダで食べる大トロは美味しいね〜」

「くっ。……そもそもなぜわたくしがここにいるとわかりましたの？」

「訃報があったと言ったのはアンタだろう。話の流れからしてその大企業の誰かが死んだと考えるのが普通だ。今夜中に都内に行かないと、と言っていたので都内で行われている大規模な葬式を調べたらこの場所がヒットした。俺たちの方が先に着いていたのは意外だったな。もしかして渋滞にでも嵌っていたか？　週末の夜の都内をナビ通り走る探偵がいるとは思えんが」

「ぐぅ……！　自分のコンプライアンス意識が憎いですわ！　普段は口を滑らせるなんてありませんのに！　あとナビ通り走って悪かったですわね！」

迷子(めいこ)はテーブルに額を打ち付ける。

思ったより痛かったのか、涙目で青士(あおし)を睨(にら)みつける。

「目的はなんですの？　タダ飯を食べに来たわけじゃあるまいし……」

迷子(めいこ)からすれば得体の知れない二人だ。その目的も定(さだ)かではない。

「さあな。だが飯のタネはどこにあるかわからない」

「飯のタネ……、まさかお金持ちがいるところでわざと事件を起こしてお金稼ぎを⁉」

双子の禁忌誘発体質。周囲の人間を魔が差し、『してはいけないこと』をつい『やってしまう』ように誘発する体質。

それの悪用だと迷子(めいこ)は糾弾する。

「そんな便利なもんじゃない。前にも言ったが『動機』と『状況』がトリガーだ。殺人ならば殺したいと思うほどの動機と、人目につかず実行可能な状況が必要だ。こういう人の目があるオープンな場所でいきなりナイフで刺し殺す。なんてことはしないだろう」

「まぁそうですが……」

迷子(めいこ)は釈然としない様子を見せる。

「長居はしないさ。酒が入った勢いで暴力事件が起きないとも限らないしな」

「それより迷子(めいこ)ちゃんこそなんでこんな所に？　顧問探偵って言っても別に大企業のお抱えじゃないんでしょ？　あれは盛ってたもんね。でもこの会場に入れるってことは相手がこの一柳グループの関係者だとして、誰のツテなのか気になるなぁ」

「これ以上は何も言いませんわよ。見栄を張ったのは謝りますが……」

「ただのお葬式に慌てて車を飛ばすことないよね？　焼香は遅くまでやってるし、通夜振る舞いも無理に参加する必要はない。となるとー、このあとその人と会って何か重要なお話をするとか？　葬式の日にわざわざ探偵を呼ぶってどんなことを依頼するのかな〜？」

「う、ぐぐぐ」

赤音の探る目線に目を泳がせる迷子。

「た、探偵には守秘義務がありますわ。どうしても知りたければお二人も探偵らしく当ててみてはどうですの。探偵とは認めていませんがっ」

迷子は赤音に挑戦的な視線を返す。

「えー、じゃあ依頼内容はズバリ！　謎の死を遂げた大富豪、一柳龍一郎を殺した犯人を調査せよ！　とか？」

「ニュースによると一柳龍一郎の死因は長年患っていた心臓病だそうだ。晩年は寝たきりで、そこに事件性は何もない」

青士がバッサリと否定する。

「ふんふん。大富豪の死は単なる心臓病、となると残された謎は……うーん、まあいっか！　考えてもしょうがないし今は食べて飲もー！」

赤音は依頼の話題に興味をなくし飲み食いに興じる。

「わたくしが言うのもなんですが興味をなくすのが早すぎません？」

「でも秘密なんでしょ？　今ある情報じゃ迷子ちゃんの雇用主が誰かわかりようがないし、それより瓶ジュースだよ瓶ジュース！」

テーブルにあった瓶のオレンジジュースに手を伸ばす。他にはビールやウーロン茶の瓶が置かれていた。

「もう、別に瓶のジュースなんて珍しくないでしょうに」

自分の挑戦心を袖にされ拗ねた様子の迷子。

そんな迷子にちっちっ、と赤音が指を振る。

「お葬式特有の瓶ジュースの趣ってあるじゃん？　無地の瓶にわざとらしい味でさ」

冠婚葬祭の場ではこういった瓶ジュースはお決まりのように出てくる。むしろ令和の時代、こういう場所以外ではお目にかからないだろう。

「確かに普段飲む機会はあまりありませんわね」

「冠婚葬祭の場での飲み物が瓶なのは未開封であることを示すためと、開封した瓶の数で費用を請求するからだ。瓶も回収洗浄して使い回すから効率がいい」

繰り返し使えるリターナブル瓶と言うやつだな。と青士は付け加えた。

「迷子は何か飲むか？」

「あ、ではウーロン茶で……」

青士は栓抜きで瓶のフタを開け迷子のコップに注ぐ。

「ありがとうございますわ。……意外と気を遣えるんですのね」

「青士は人に毒見させるからねー」

「毒……？」

迷子は注がれたウーロン茶をまじまじと見る。

「人聞きの悪いことを言うな。瓶のフタを開けたばかりで毒物が入る余地はない。フタも再圧着したような形跡はなかった。だとしても念のため警戒しておくか……」

青士は懐から手の平サイズのライトを取り出す。照射される光は紫色。紫外線を出すブラックライトと呼ばれるものだ。ちなみにわかりやすいよう着色されただけで紫外線自体が紫色というわけではない。

紫の光でコップを照らす。

「カビやバクテリアが繁殖していれば蛍光するが……ふむ、よく洗浄されているな」

そうして青士は瓶に残ったウーロン茶を自分のコップに注いだ。

迷子は驚きを通り越して呆れかえる。

「普段からそうやって何かを警戒していますの……？」

「自分が事件の被害者になる可能性もあるからな。もしこの場で事件が起きるとしたら事前にどう対策しておくか。そう考え行動するのが癖になっている」

「それは例えば、雪山山荘の時のようにカメラを仕掛けるとかですの？」

この会場には監視カメラはついていない。何かあった時の証拠を握るなら、会場の録画をしておきたいところだが。

「敷地主(しきち)の許可なしには仕掛けられない。今回は許可を取っていないし、葬儀の場で動画撮影をするのも憚(はばか)られるだろう」

「一応そういう常識はあるんですのね……」

「警察に捕まらない範囲ならばやりようはあるがな。例えばボイスレコーダーで会話内容を秘密録音しても犯罪ではない」

「はあ……。わたくしもミステリー小説を読んだあとなどは、無意味に周囲の動向に気を配ったりした時期がありましたが、それをずっとというのは……」

「気にし過ぎも疲れるからやめなよって言ってるんだけどねー」

「少しの手間で大きな面倒を避けられるからな。それに飯のタネがどこに転がっているかもわからない」

「結局お金ですのね。はぁ、こんなのが探偵を名乗るなんて」

「前にも言ったが探偵なんてただのハイエナだ」

「少なくともわたくしが尊敬する探偵は――」

と、会場の話し声が一気に静まる。

何事かと迷子が周りを見ると弔問客の目線が壇上に集まっていた。

壇上には人が立っている。おおよそ十二歳前後の少女だ。

少女は静かに一礼をする。

「本日はお忙しい中、父・龍一郎の通夜にご参列いただき誠にありがとうございます」

喪主がする通夜振る舞いの挨拶。

少女は歳の差のありすぎる故人のことを祖父ではなく父と呼んだ。

「改めまして、このたび龍一郎から一柳家当主を引き継ぎました、一柳零でございます」

当主と名乗った少女、一柳零が再び一礼する。

長く広がりのある髪の一部を頭の後ろで結ぶハーフアップ。黒いワンピースにノーカラージャケットの喪服。小柄さと相まって人形のような出で立ちだ。

幼さの残る小顔には緊張の表情はなく、むしろ無感情にも見える。

「今宵はご用意した食事やお酒を楽しみながら、故人を偲んでいただけたらと思います。また後ほど個別にご挨拶に伺いたく存じます」

少女は粛々と全体の挨拶を終え壇上から下りた。

再開される会食。しかし雰囲気は先ほどまでと少し異なっていた。

青士たちの隣のテーブル。

そこでは一柳グループの関係者らしき者たちが小声で言葉を交わしていた。

「噂は本当だったのか」

「あんな子供が新しい当主？　会社は大丈夫なのか？」

「経営の舵取りをするのは取締役会だから問題ないのでは？」

「それでも筆頭株主としての発言権が」

　周囲の話題は今しがた挨拶した新当主の話で持ち切りだった。

「しかしあんなに幼いとは」

「どうせ実権は後見人の副会長が握っているんだろう。龍一郎氏が病に伏せってから仕切っていたのは副会長だしな」

「というか孫じゃなくて子なのか？　奥さんだって他界しているし、龍一郎さんは八十歳超えていただろう？」

「確か養子だったはず」

「種無しなんだっけか？」

「いやいや実は愛人に産ませた子って噂も」

「しー……」

　うっかり口を滑らせてしまうのは、青士たちの体質が関係しているのだろうか。葬儀の場にふさわしくない失礼な発言もある。

そんな周りの言葉を聞いて赤音は憤慨する。

「お葬式なのにあんなあけすけに言うなんて大人気ないと思う！」

「今後の会社経営に関わることだからな。ふむ。しかし羨ましい話だな」

「何をどう聞いたらそういう感想になりますの」

「あんな子供が家督を継ぐということは他に法定相続人がいなかったということだ。つまり大富豪の遺産をあの子供が独占できる」

「まぁ確かにそういう考え方もできますが……」

「でも家族がいなくて独りぼっちって可哀そうだよね。私たちも似たような感じだから同情しちゃうかも」

「赤音」

「あ、あーえっと、ジュースとってくるねっ」

赤音は逃げるように離席した。

「……人の家のことなので詮索はしませんが、貴方がたもワケありなんですのね」

「ここまで何を聞いていた。俺たちが順調な人生を歩んでたとでも？」

「その体質を信じるならばですが。妹さんが大事なんですのね」

飲み物を取りに行った赤音を目で追っていた青士。その様子を見て迷子は優しく微笑む。

「変な解釈をするな。トラブルを起こさないか見ているだけだ」

会場にはバーカウンターのような飲み物置き場があり、テーブルにはない各種アルコールの提供がされる傍にソフトドリンクの類が置いてあった。

オレンジ、ブドウ、リンゴ、グレープフルーツとそれぞれの三角札の後ろにジュース瓶がずらりと並んでいる。

ワインやウイスキー、カクテルといったアルコール類はカウンターのスタッフからグラスで提供される形のようで、何人かの先客が受け取っていた。

赤音はジュース瓶の前で腕を組んで悩むそぶりをしていたが、何かに気付いたように隣の先客たちの方を見た。

そしてそのあと先客の男たちと何か言い争いを始める。

「ちっ、言わんこっちゃない」

「本当にトラブルですの？」

青士が立ち上がり迷子も後を追う。

「だからー、こんなとこで小さい子の悪口なんてどうなの？」

バーカウンターで赤音と対峙しているのは三人の男性だ。

その中で一番若い男性が前にでる。

「僕は客観的事実を言ったまでだよ？」

「こういう場で言うコトじゃないと思うけど」

は暗い」

「何度でも言うよ。龍一郎さんも焼きが回った。あんな養子を後継ぎにするなんて一柳家の先は暗い」

男性は二十代半ばといった年齢だろうか。フレームレスのシャープな眼鏡にオールバックの髪。バーカウンターで提供されているとはいえ葬儀の場でカクテルグラスを片手に持っている。

「龍一郎さんは苛烈だったがカリスマがあった。それがあの子ときたらどうだい？　お人形みたいな定型の社交辞令しかできない。そもそも血が繋がってないから当然か」

どうやら男性が新当主の少女の悪口を言っているところに赤音が突っかかったらしい。

「悲しいかな、たかが孤児だった少女が本家の当主。棚からぼたもちとはこのことか。いっそ僕が養子になれば良かったな。そしたら一柳家も安泰だったのに」

「さっきからペラペラと君は何様なの？」

赤音は不機嫌に男を睨みつける。

「僕を知らないのかい？　フー、誰だいこんな部外者を呼んだのは」

メガネオールバック男はやれやれと額に手をつく。

「僕は一柳家の由緒ある分家。二宮家の二宮秋人だ。龍一郎さんに後継ぎがいなければ、遺産は僕が継ぐ可能性だってあった」

「由緒ある分家？　なんか変な言い方」

赤音は二宮秋人と名乗ったメガネオールバック男の顔をまじまじと見る。

「女ァ！　さっきから秋人さんに失礼だろ！」

取り巻きの男たちがいきがる。

「どこの会社のモンだワレェ⁉」

まるでヤクザのような恫喝に赤音はぽかんと首をかしげる。

「うーん会社っていうか私は――」

「よせお前たち。注目を集めすぎている」

近づいた青士と迷子に気付いたのか、二宮秋人は片手で取り巻きを制する。

「どうせ二度と会うこともない女だ。話すだけ時間の無駄さ」

そう言って二宮秋人はメガネをくいっとして踵を返した。

「なにあれ、むかつく！」

赤音は憤慨しながらジュース瓶を全種類手に取った。

「全部一人で飲む気か？」

「怒ったから自棄飲み！」

赤音は青士たちとテーブルに戻り、ドン！　とテーブルに複数のジュース瓶を置く。

そして瓶を開封し、そのままラッパ飲みした。

アルコールならば格好がつくがただのソフトドリンクだ。

「分家の二宮秋人か」

青士は先ほどの様子を撮ったスマートフォンをチェックする。

そこにはメガネオールバック男、もとい二宮秋人が映っていた。

「ちょ、いつの間に動画なんて撮ってたんですの⁉」

「仮にさっきの言い争いが事件に発展した場合の証拠だ。ちなみに赤音を撮っていた時にたまたま映り込んだだけで故意の盗撮ではない」

「言い訳がましいですわね……」

迷子が呆れつつ動画に目を向ける。

「それにしても二宮秋人さんですか」

「迷子は知っているのか？」

「ええ多少は。一柳家の分家の二宮家の長男ですわね。二十七歳にして会社を三つ経営する若き秀才。グループの売り上げにも貢献していて、子供がいない一柳龍一郎氏の後継者になるかも、との噂まであったとか」

「それであの子が家督を継いだのに嫉妬してるの？　器が小さいんだから」

早々にジュース瓶を空にした赤音がテーブルに瓶を置く。

「意識しているのは間違いありませんわね。本人も、周りも」

二宮秋人。新進気鋭の秀才。若いが実績も家柄も申し分なし。

一柳零。幼く実績もなく、家柄も養子という事実が足を引っ張る。

「法律上の正当性は零さんですが、実情を鑑みますと複雑ですわね。まだ十二歳だそうですし会社経営はどうしたって無理でしょう」

「迷子ちゃんずいぶんと詳しいんだね～？」

「ま、まあ探偵ですので！」

「ふーん。ま、私としては零ちゃん派かな。小さな子は応援したくなっちゃうよね」

赤音は他のテーブルに目を向ける。

そこには挨拶をして回る渦中の少女、一柳零の姿があった。

「本日はお越しいただきありがとうございます。一柳家当主の零でございます」

「いやいやあの零ちゃんが大きくなって。いやぁ立派になったもんだ。小さい頃に会ったことあるんだけど、おじさんのこと覚えてる？」

相手は会社の関係者らしい。黒ネクタイが食い込むほどに肥え太っている。

ついでにアルコールで顔を真っ赤にしている。葬儀の場ではマナー違反と言える。

「あの人もさっき悪口言ってた人だ」

赤音が小声でささやく。

全体挨拶のとき、このテーブルの周りで子供の零を侮る会話がされていた。

その一人であった肥満男性は赤い顔で調子の良い言葉を続ける。

「これから大変だろうけど何か困ったことがあったらなんでも言ってね。経営のアドバイスとかもできるから。ってまだ早いかあっはっは」

零のいないところではこきおろし、本人には上から目線で親切を装う。

「……大した二枚舌だな」

青士はそんな社交風景を見てため息を吐く。

「ヒック。そうだ、こういうときはお酌をするんだよ」

肥満男性は空いたガラスコップを前に出す。

「これは、気付かずに申し訳ありませんでした」

少女はその細腕でビール瓶を持ちガラスコップへ注ぐ。

「そうそう、瓶のラベルが見えるように上側に向けてね。おっとっと。うまいもんだ」

酌のマナーを教えているつもりだろうが、無礼極まりない行為だ。

しかしそんな相手でも新当主である一柳零は謙虚に振る舞っていた。

「ご指導ありがとうございます。当主にふさわしい振る舞いができるように精進して参ります」

零は深々と頭を下げて次のテーブルへの挨拶へ移る。

そこでも酌をしたり、あるいは斎場スタッフへ足りない飲み物の補充を指示したりと、喪主としての役割を全うしていた。

そんな様子を見ていた迷子は感心する。

「小さいのに落ち着いていて配慮もできて、凄いですわね」

「あれが本物のお嬢様の振る舞いだな」

「なんでわたくしを見て言うんですの？」

「他意はない」

青士は肩をすくめる。

そんな会話をしているとくだんの一柳零が青士たちのテーブルに来た。

「本日はお越しいただきありがとうございます。一柳家当主の零でございます」

「八雲探偵事務所の八雲迷子でございますわ。この度はお悔やみ申し上げます」

迷子が立ち上がり弔いの言葉を述べる。

「同じく探偵の青士だ」

青士は座ったまま最低限の口数で名乗る。

「赤音ちゃんだよ！　零ちゃんのこと応援してるからね！」

「は、はぁ……」

赤音は零の手を握りブンブンと振る。抱き着かんばかりの勢いだ。

見知らぬ他人からの突然の応援宣言に零は困惑した様子だ。

「離してやれ、迷惑しているだろう」

見かねた青士が立ち上がり赤音を零から引きはがす。

零は困惑こそしたものの、すぐに口元を結び無表情で続ける。

「……では、今後ともよろしくお願いします」

定型の挨拶ののち一柳零は別のテーブルへと向かった。

「嫌われちゃった？」

「近づいて取り入ろうとする輩と思われたかもな」

「えー、そんなこと思ってなかったのになー」

心外だと赤音は口をとがらせた。

「しかし改めて大変な境遇ですわね。これがミステリーならば事件に巻き込まれること間違いなし。遺産を切っ掛けにしたお家騒動なんて王道ですものね」

「ふむ、そうだな。一柳零に危害を加える者がでないとも限らない。つまり事件が起きる……！」

「起きません。もー青士も迷子ちゃんもこんな場で物騒なこと考えるのやめなよ」

「俺は可能性を指摘しただけだ」

「失礼。ついミステリーマニアの血が騒いでしまいましたわ」

「青士はいつものこととして、迷子ちゃんってそんなミステリー好きなの？」

赤音は二本目のジュース瓶を開けながら聞く。

「大好きですわ！　アガサ・クリスティにコナン・ドイル、日本なら横溝正史と王道で古典的なものを特に好みますわ。逆に犯人や被害者の心情を描く社会派や刑事物はあまり読みませんわね。わたくしミステリーを冒険心のある論理パズルと捉えているところがありましてそもそもミステリーとは――」

何かの受け売りを延々と話しだす迷子。

「うーん、服装と言動からちょっとアレな子かなと思ってたけど大分アレだったかも」

語り続ける迷子を横目に赤音は青士へ耳打ちする。

「これで二十歳とはな」

「――ともあれ祖父の跡を継ぎ念願の探偵になったのですが、今の時代は探偵の出番は減り浮気調査や身辺調査ばかり。事件なんて起きないのが実情ですわね」

「へー迷子ちゃんってお爺ちゃんが探偵だったんだ。前に言ってたっけ？」

「割と名が売れていましたのよ！　ま、まあ同年代にもっと凄い方がいるといつも愚痴をこぼしてましたが……平成の名探偵が相手では分が悪いといいますか……ごにょごにょ」

「それで迷子に跡を継がせるとはな。迷惑な祖父だな」

「わたくしは自らやりたいと申し出ましたから」

「生き方を選べて羨ましいことだ。血筋なんて呪いみたいなものだろうに」

「疑問に思っておりましたが、お二人のその体質とやらは何か遺伝的なものなんですの？」

「さあな。金次第では話してやらんこともない」

「またこの人は……」

迷子は頬をひくつかせながら青士を睨む。

そんな他愛のない会話をしているとき、

——ガシャンと近くのテーブルからガラスの割れる音がした。

人々の目がそちらへ向く。

見れば肥え太った男性が顔を真っ赤にしてテーブルに突っ伏していた。

「あれはさっき零ちゃんと話してた失礼な人……酔いすぎかな？」

「酔いつぶれるまで飲むなんてマナーがなってないですわね」

「ふむ……」

青士は鞄を持って立ち上がりその場へ近づく。

現場では周りの弔問客が肥満男性を起こそうとしているところだった。

「失礼。少し見せてもらっていいか」

青士はその場に割って入る。

「全身の紅潮。発汗。意識不明か……。赤音、救急車を呼んでくれ」

「はいはーい」

ついて来た赤音が手慣れた様子で１１９番へ連絡する。

「急性アルコール中毒ですの？」

遅れて迷子も様子を見に来たようだ。

「恐らくな」

短時間で大量のアルコールを摂取すると起こる急性アルコール中毒。

単に酔いつぶれただけと軽く見られがちだが、死に至る可能性も十分にある。

「そこのアンタ。横向きに寝かせるから手伝ってくれ」

他の弔問客に協力を仰いでテーブルから下ろし、気道が確保できる横向きの回復体位にさせる。

「呼吸はしているな。このまま救急車を待つか」

周囲も「なんだ酔っ払いか」という雰囲気になり騒ぎは落ち着いた。

「この方は先ほどから沢山お酒を召していましたものね」

「確かにその通りだが……」

青士は改めて男性の容体を見る。

「それにしても異常な発汗だ。指先にチアノーゼ……酸素不足、いや血流か……？」

青白くなった指先。アルコールの飲みすぎにしては違和感がある。いくら無礼な人物でも、葬儀の席でここまで酔いつぶれるだろうか。

「これは……」

青士はテーブルの上に錠剤の空シートがあるのを見つける。

「何かの薬ですの？」

青士は空シートに書かれている錠剤名を見る。

「降圧剤の一種だな。言うなれば高血圧の薬だ。血管を広げて血圧を下げる効果がある」

「高血圧。まあこれだけ太っていればさもありなんですわね。でも、大量のアルコールと一緒に飲むのはよくないんじゃありませんの」

迷子の言う通り、薬とアルコールの飲み合わせはよくないだろう。

「高血圧の薬もアルコールもどちらも血管を拡張させるからな。それで一時的に血圧が下がり過ぎて失神を起こしたか」

「全く人騒がせですわね」

事件でもなんでもなく単なる酔っ払いの迂闊な飲み合わせ。

「だがそれだけで倒れるだろうか？　薬も昨日今日飲み始めたわけでもあるまいし、飲み合わせが悪いのは本人も……っ」

青士は弾かれたように顔を上げてテーブルを見る。

中身の少なくなった寿司桶。空いたビールやジュースの瓶。空になったガラスコップ。

「コップ……」

青士は空になったガラスコップの匂いを嗅ぐ。微かなグレープフルーツの香り。

「……ッチ併用禁忌か。水を飲ませるのは……不可能か」

仕方ない、と青士はかぶりを振る。

「赤音、点滴の用意を」

「ブドウ糖と生食どっち？」

１１９番への通報を終えた赤音は間髪容れず応える。

「生理食塩水の方だ」

赤音が鞄から輸液パックを取り出し準備をする。

「ど、どうしたんですの⁉」

二人の突然の行動に迷子は困惑するばかりだ。

「薬にはやってはいけない飲み合わせというものがある。薬の禁忌ってやつだ」

「だからそれがアルコールでは」

「グレープフルーツジュースだ」

「はいぃ？」

「グレープフルーツと一緒に特定の薬を飲んではいけない。聞いたことないか？」

「言われてみればテレビか何かで見たような……」

「代表的なのが心臓病と高血圧だ」

心臓病や高血圧の薬とグレープフルーツ。この飲み合わせが禁忌なことは処方されるときに必ず告知される。

「グレープフルーツに含まれるフラノクマリンという成分は、特定の薬の分解を阻害し濃度を上げてしまう。つまり薬が効きすぎる」

それによって引き起こされる血管の異常拡張。急激な血圧の低下によるめまいや失神。アルコールの多量摂取も加わり最悪の場合は……。

男性の顔を見て青士は呟く。

「アンタ、そいつはタブーだぜ」

「点滴準備できたよ」

赤音が点滴を椅子に吊り下げ、針を持つ。

「な、なにをする気ですの？」

「生理食塩水の点滴で薬とアルコールの血中濃度を下げる。いくらかマシになるはずだ」

「ちょ、そういうのって素人がやっていいんですの⁉」

「看護師資格持ってまーす！」

赤音は周囲に喧伝するように言い、

「嘘だけど」

ぽつりと呟いた。

「えっ今なんて⁉」

「じゃあプスーっと」

男性の腕に針を刺す。太った患者は脈を見つけづらいというが赤音は一回でルートを確保した。

「ふむ、呼吸も浅いな」

青士は酸素マスクを取り出し男性に装着。マスクの管の先に付いているゴムボールのような部分を押すことで人工的に酸素を送り込む。

「点滴とか、酸素マスクとか、どうして持っているんですの……？」

迷子が青士たちに異様なものを見る目を向ける。

「言っただろう。事前に対策してあると」

「生食あると脱水症状とか色々使えて便利だよ。あと疲れたときはブドウ糖入れると一発で元気になったり？」

「こんなこともあろうかと念のために持ち歩いているんだ。常識だろう？」

「ふ、ふざけていますわ――！」

ほどなくして駆け付けた本職の医者に引き継いだ。騒ぎを知ったスタッフが弔問客の中から医者を募ったのだ。さすが上流階級の葬儀というべきか、すぐに手が挙がった。

そうこうしているうちに救急車が到着し肥満男性は運ばれていった。

その様子を見届けたあと青士は小さく呟いた。

「これは事件だな」

救急車騒ぎも終わり、通夜振る舞いに参加していた弔問客もちらほらと帰り始める時間。

その会場の隅のテーブル。

「貴方の用心深さには呆れを通り越して恐れすら抱きますわね……」

迷子は青士の先ほどの立ち回りについて話していた。

「普通は輸液パックなんて持ち歩きませんわよ。その鞄には何が入っているんですの」

青士の足元にある革製のトラベルバッグを指差す。

「こういうことに巻き込まれるのは日常茶飯事だからな。備えあれば、というやつだ」

「事件を起こしやすい体質ですか……。ですが見直しましたわ。前に喫茶店で話を伺ったときは被害者なんてどうなってもいいみたいな酷い倫理観をしていると思いましたが、率先して救命活動をするなんて」

「命の恩人になれれば金の実入りがいいからな」

「見直して損しましたわ」

迷子がジト目で青士をねめつける。

「まぁあの肥満男性は失神していたから覚えちゃいないだろうがな。別の奴から金を取るにも、とりあえず犯人を挙げてからだな」

「犯人、ですの？　それに事件って……少し整理させてくださいまし」

迷子は新たにコップに注いだウーロン茶を飲み干す。

「事件というのは、先ほど救急車で運ばれた男性の件ですわよね」

「ああ。あれは俺たちの体質によって起きた事件だ」

「あれは事件というか、言うなれば事故。ただの自滅、ですわよね？」

迷子は探るように口に出す。

「アルコールの飲みすぎもそうですし、薬とグレープフルーツジュースの併用禁忌というのを犯したのも。つまりそういう『やってはいけないこと』をお二人の禁忌誘発体質によって被害者が『やってしまった』と理解しておりますが？」

その体質を信じればですけども。と迷子は付け加える。

「正確には違う。『動機』と『状況』と言っただろう。今回は『動機』が薄い。アルコールの飲みすぎはともかく、あの肥満男性がグレープフルーツジュース大好き人間で日頃から薬と一緒に飲みたい、と考えていただろうか？」

「それは確かに考えづらいですが……」

「そもそもどうやって飲んだかだ」

青士は迷子のコップを持ち上げ自分の前に置く。

「泥酔状態の人間がとりあえず目の前にあるコップに口をつける。ありえそうなことだが……」

青士は迷子のコップに口をつけるフリをする。迷子が顔を赤らめたが無視をした。

「こ、こほん。誰がそのコップを置いたか。ですわね」

「ああ」

いつの間にかテーブルを離れていた赤音が帰ってくる。

「ただいまー」

「聞き込みしてきたよー」

「お手洗いかと思ったら聞き込みしてたんですの？」

「ちょっとお話ししただけだけどね」

あのあと赤音は周囲の人間に軽い聞き込みを行っていた。

「んでんで。周りの人の証言によるとあの太ったおじさんは自分でジュース瓶のフタを開けて注いで飲んでたって。ちょうどいい酔い覚ましだーってゴクゴクと」

泥酔していてジュースの味もよくわかっていなかったのだろう。

「自分でって……そしたらもう自滅じゃありませんか！」

「そのジュース瓶を置いたのは誰だ」

「スタッフさんだよ。リンゴジュースですーって何本か置いてったんだって」

「ではそのスタッフが犯人ということですの？　リンゴジュースと偽って色が似ているグレープフルーツジュースを置いたと」

　この葬儀場のリターナブル瓶は味のラベルがないタイプだ。二つのジュースの色合いは似ており傍目にはわからない。

「ふむ、そう安直に進めばいいがな。例えば他の弔問客が予めテーブルにグレープフルーツの瓶を持ってきていた可能性もある」

「あ、バーカウンターのスタッフさんにも聞いたけど一応私の他にジュースを自分で取りにきたお客さんはいなかったって。瓶を持っていったのは提供係のスタッフさん達だけ」

「カクテルのような細かい注文ならともかく、普通はスタッフに持ってこさせるからな」

　赤音のようにわざわざ自分で出向く方が珍しい。上流階級の多いこの会場ならなおさらだ。

「となりますと、やはりジュースを持ってきたスタッフの特定はしたいですわね。特徴とかは聞きましたの？」

「名前とかまではわからなかったな。女性らしいけどこういう斎場のスタッフさんって皆同じ髪型してるじゃん？」

「ではこの斎場の女性スタッフ全員を呼び集めて聞き取りでもいたします？」

　通夜振る舞いも終わりが近く、スタッフたちは片付けの準備に入っている。気付けば弔問客も残り少ない。

「んー。忙しそうだしいいんじゃない？　そのテーブルにも色んな人が入れ替わり立ち替わり来てるだろうし、特定は難しいんじゃないかな」

「ですが……」

「スタッフを特定する必要はないだろう」

青士（あおし）は立ち上がりバーカウンターの前に行く。

そこにはオレンジ、ブドウ、グレープフルーツ、リンゴの札の順にジュース瓶が並んでいる。瓶の状態などを確認し、青士（あおし）はスマートフォンのカメラで撮影した。

「謎は大体解けた。迷子（めいこ）、お前の雇用主に話したいことがあると伝えてくれ。応接室かどこか、落ち着ける場所で話せるといい」

「はいぃ？　わたくしの雇用主ですか？　今回の事件とは全くの別件でございますが」

八雲迷子（やくもめいこ）がこの葬式に来たそもそもの理由。それは探偵業務の雇用主と会うためだが、迷子（めいこ）の言う通り今回の事件は全くの別件である。

「俺たちからだと取り合ってくれない可能性があるしな」

「そもそもわたくしの雇用主がどなたかわかっているんですの？」

「え、――でしょ？」

赤音（あかね）はあっけらかんとそう言った。

§

斎場にある親族用の控え室。

ローテーブルに対面したソファには四人の人物。

片側のソファには青士(あおし)と赤音(あかね)。もう片側には迷子(めいこ)と……

「それで、お話とはなんでしょうか」

一柳家の新当主、一柳零が座っていた。

人形のように両手を膝の上に置いて姿勢正しく。十二歳と思えないほど礼儀正しく。

「喪主としてやることがまだ残っているのですが」

しかし言葉は煩わしさを隠していない。

忙しい時に得体のしれない探偵に呼びつけられたのだ。

それでもこの場を設けたのは顧問探偵としての八雲迷子(やくもめいこ)の口利き(くちき)があったからだ。

現時点では探偵とその雇用主という関係としかわかっていないが。

「そもそも迷子(めいこ)さんの口がこんなに軽いとは」

零は目を細めてとなりの迷子(めいこ)を見やる。

「わ、わたくしは何も言ってませんわ！」

「ならどうしてですか？」

迷子の雇用主が零というのは青士たちは知らないはずだった。

「そんなの見てればわかるってー。なんか迷子ちゃんと零ちゃんが挨拶してるときちょっと違和感があるなーって。言葉で説明するのは難しいんだけど」

直感で答えがわかるがゆえに理由を探しあぐねる赤音。

それを青士が補足する。

「前提を整理しよう。この通夜振る舞いの席には親族か会社などの関係者しか入れない。俺たちは迷子に同行する形で入れたが、迷子は雇用主のツテで入った。ここで雇用主が誰なのか、故人の親族なのか会社の誰かなのかということになるが、そもそもこの疑問を無視できない人物が存在する」

「疑問を無視できない人物ですの……？」

「ああ。それは喪主の一柳零だ。常識で考えろ。自分が喪主を務める葬式で探偵と名乗る見知らぬ人物がテーブルに陣取っていたらどう思う？　ましてやコスプレみたいな格好をしている不審者がいたら」

「不審者じゃありませんわよ!?　それにこの格好はちゃんとした正装喪服バージョンですわ！」

迷子はゴシックドレスに手をやり胸を張る。

迷子を除く三人が微妙な顔をした。

「……こ、こほん。それで零さんがわたくしに対して何もリアクションをしなかったから赤音さんは違和感を持ったというわけですわね」

赤音の握手に対しては困惑していたが、迷子の探偵という普段聞きなれないワードには一切反応しなかった。公の場では雇用関係が露見しないように振る舞ったのだろうがそれが裏目にでたな」

「そうそう！　私が言いたかったのはそれ！　それで迷子ちゃんの雇用主って零ちゃんなんだろうなーって思ったの」

「なるほど。どうやら迷子さんではなく私が迂闊だったようですね」

零は目を伏せ納得したように言う。

「確かに八雲迷子さんは当家の顧問探偵です。正確にはその後任ですが」

「こーにん？」

赤音の疑問に迷子が答える。

「わたくしの祖父が龍一郎氏のお抱えの探偵だったのです。ですが龍一郎氏が病床に伏したころに祖父も高齢のため引退。つい最近わたくしが後を継ぎました。零さんと直接会うのは今回が初めてですわ」

「ふむ、祖父譲りのコネというわけか」

「いちいち癇に障る言い方ですわね……」

迷子がこめかみに青筋を浮かせる。

ともあれ迷子の雇用主が一柳零ということが確定した。本題はここからであるが。

「改めて何の御用でしょうか？」

本題を催促され、赤音は待ってましたと手を挙げる。

「はーい！　ちょっと零ちゃんに聞きたいことがあったの」

「どうぞ」

テンションの高い赤音とは対照的に零は無感情だ。

「さっき救急車で運ばれちゃった人いたじゃない？　その件についてなんだ」

「お二人が救命活動を行ってくれた男性ですね。自らが取り仕切る葬儀の場であのような騒ぎが起きたことを不甲斐なく思います」

零は深々と頭を下げる。それは喪主としての責任感だろうか。

「零ちゃんが謝ることじゃないよ！　そもそもあの太っちょおじさんが飲み過ぎたのが悪いんだし」

いくら喪主とはいえ、十二歳の少女に責任を求めるのは筋違いだろう。

「それにあれは故意に起こされた事件だしね」

「故意に、ですか」

「そそ。言うなればグレープフルーツ殺人事件！　いや殺人じゃないけど、特定の薬とグレープフルーツの飲み合わせが悪いって知ってる？」

「……いえ知りませんでしたが、そういうのがあるのですね」

「そうなの！　それなのに太っちょおじさんの前にグレープフルーツジュースを置いちゃったスタッフさんがいるんだ。リンゴジュースですーって言ってね」

「それは悪質ですね」

「でしょ？　それであのテーブルにジュースを置いたスタッフさんが誰かとか見なかった？」

「わかりません。色々と動いていたものですから」

「零ちゃん忙しそうだったもんね。挨拶だけじゃなくてお酌したり他のテーブルの飲み物が足りてるかとかまで気を配ったり」

喪主として零は、挨拶回りの他にスタッフへの指示出しをしていた。

「そういえばあの太っちょおじさんって零ちゃんにめちゃくちゃ失礼な態度とってたけど、零ちゃんも正直ムカついてた？」

「それはどういう……？」

「言葉通りの意味だけど」

にこやかではあるが、有無を言わせぬ雰囲気を出す赤音。

「客観的に見れば失礼な態度ですが、それも私が新たな当主として認められるまでの辛抱だと思っています」

「ふーん？」

零の瞳をジッと見る赤音。

「赤音さん急にどうしたんですの？　今はジュースを置いたスタッフが誰かを探っているんじゃありませんの？」

横で話を聞いていた迷子が思わず口を挟む。

「スタッフさんを特定する必要はないよ。ジュースを持っていくように指示したのは零ちゃんだから」

「はいぃ？　その言い方ですとまるで事件の犯人は……」

「零ちゃん、だよね。あのおじさんを殺そうとしたの」

場の空気が一瞬凍る。

「いきなり何を？」

零は無表情のまま首をかしげた。

「殺そうとまではしてないか。でもこう大変なことになっちゃえー、って感じかな」

「意味がわからないのですが」

「えーとだから、零ちゃんはあのおじさんに対してめちゃくちゃムカついてたでしょ？　それでお酌をしたときにテーブルの上の薬のシートが目に入って、そこでグレープフルーツジュースを飲ませたらどうなるだろうって考えておじさんが泥酔したころ合いを見て、スタッフさんにリンゴジュースと偽ってグレープフルーツジュースを持っていかせた。みたいな？」

「聞くに堪えない妄想ですね」

「そうですわよ！　零さんはそもそもグレープフルーツと特定の薬の飲み合わせが悪いとは知らなかったと仰ってたじゃありませんか」

赤音の突拍子のない推理に迷子も思わず弁護する。

「でもそれは零ちゃんの嘘でしょ？」

「嘘って……赤音さんの勘ですの？　いくらなんでもそれは」

「いや、根拠ならある」

そう言い切ったのは青士だ。

「この葬式の故人、零の養父である一柳龍一郎の死因は心臓病だ。グレープフルーツは特定の薬、つまり心臓病と高血圧の薬の併用禁忌だ。長年の心臓病患者の家族がそれを知らないはずがないだろう？」

「あ……」

迷子は通夜振る舞いの席で青士とそのような会話をしたことを思い出す。

そして先ほど、零は知らなかったと嘘をついた。

「飲み合わせが悪いことを知っていると疑われると思い咄嗟に知らないフリをしたんだろう」

「零さん……？」

迷子も疑いの目で零を見始める。

「あの時はすぐに結びつかなかっただけです。それだけで決めつけるのは少々考えが足りないのでは？」

それに、と零は続ける。

「スタッフにリンゴジュースと偽ってグレープフルーツジュースを持っていかせる。どうやってやるというんですか？」

そこが問題だ。

いくら喪主の指示とはいえ、スタッフに直接そんなことを言えば明らかに不審がられる。どうやって被害者の前にグレープフルーツジュースを用意したか。それを説明しなければ動機のみで犯人を決めつけただけに過ぎない。

「えーと、それはこう、いい感じにすり替えて」

「話になりません」

零がぴしゃりと言う。

「これ以上ないようでしたらご退室をお願いします」

「うーん動機はもう説明したし、そろそろ青士に任せていい？」

「任せろ。――探偵交代だ」

青士はソファの上で足を組み直した。

「まずはこれを見てほしい」

青士は鞄からジュース瓶を二本取り出す。

「いつのまにくすねたんですの……」

メーカー名だけが書かれた無地の瓶。中に入っているのは白く濁った液体。それはよく見ると色味が若干異なっていた。

「これはリンゴジュースとグレープフルーツジュースだ。さて、どっちがどっちだ？」

青士は零に二本のジュース瓶を手渡す。

「……メーカー名以外は何も書いていないですね」

零が確認したとおり、瓶には味を示すシールやラベルは何もない。

「瓶は回収洗浄して使いまわすからな。オレンジジュースだった瓶にブドウジュースが入ることもある。なので瓶に何味とは書いていない」

メーカーによっては瓶に味が印刷されているものもあるが、今回は無地の瓶であった。

零は手に持っていた瓶を置く。

「……で、これがどうかしましたか？　そもそも見た目で判別できないから被害者は誤飲したのでしょう？　まさかスタッフがリンゴとグレープフルーツを取り間違って提供したと？　ならば単なるスタッフのミスですね」

「いや、ミスは誘発された。リンゴとグレープフルーツの瓶は入れ替えられていた」

「入れ替え？　どうやって？」

バーカウンターにある大量のジュース瓶。それを人目につかずどうやって入れ替えるのか。

ジュース置き場の隣にはバーカウンターのスタッフがおり、赤音の他にジュースを持っていった客がいないことは証言済みだ。

何本もあるジュース瓶を入れ替えていたら目に付くのは明らかだ。

「まずはこの動画を見てくれ。アンタがあいさつ回りに来る前、赤音と二宮秋人が言い争っていた場面だ」

青士はスマートフォンを見せる。そこにはバーカウンターの前で言い争う赤音とメガネオールバック男の二宮秋人の姿が映っていた。

「これが何か？」

「奥にジュース瓶が並んでいるだろう。オレンジ、ブドウ、リンゴ、グレープフルーツと順に三角札が置いてある」

「……」

「三角札……まさかそうですの⁉」

隣で見ていた迷子が何かに気付く。

「そしてこれが今さっき撮ったバーカウンターの写真だ」

そこにはオレンジ、ブドウ、グレープフルーツ、リンゴの順に三角札が並んでいた。

「入れ替えられていたのは札だ。ただ通りがけにちょっと札を持って入れ替えるだけだ。五秒も掛からん。人目を盗んで実行するのは十分可能だ。たったそれだけでリンゴとグレープフルーツの瓶は入れ替わる」

なんてことはない。子供でも思いつくトリック。そう、子供でも。

一柳零は瞑目（めいもく）したあと、ゆっくりと目を開く。

「……なるほど。確かに可能ですね。ですが私がやった証拠はありますか？　なんなら貴方（あなた）が札を入れ替えて撮影しただけでは？　私を犯人に仕立て上げるために」

このトリックは誰でも思いつき、誰でも実行できる。

ゆえに犯人を特定をすることは困難だ。証拠でもない限り。

「証拠ならある。というより今できる」

「今できる……？」

「すぐ終わる」

青士（あおし）はテーブルに置かれた二本のジュース瓶のうち一本に手を伸ばし、口の部分を慎重に摘まんで横に倒す。

そして懐（ふところ）からライトと小瓶を取り出した。

零と迷子（めいこ）は怪訝（けげん）な顔をする。

「何も特殊な物じゃない。ただのブラックライトと蛍光パウダーだ」

「もしかしてそれはアレですの……？」

探偵の迷子には思い当たるものがあったようだ。

ジュース瓶のガラス面に粉を振りかけ、息で軽く吹いて飛ばす。残った粉をブラックライトで照らすとあるものが浮かび上がってきた。

「指紋だ。一柳零のな」

先ほど零に瓶を触らせたのはこの指紋を採るため。

「そしてこれが、さっき会場で採った三角札の指紋の写真だ」

青士はスマートフォンの写真を見せる。青く照らされたいつくかの指紋。

「三角札の方には複数人の指紋があるが……そうだな、このアーチ型の指紋なんか今採った指紋に似てないか？　どれ、画像編集アプリで重ねてみるか……」

――バン！　と勢いよくテーブルが叩かれる。

三人が叩いた一人を見る。

「………喪主として会場の設営を見に行った際、三角札に触りました。位置がずれていた気がしたので直しました」

テーブルを叩いたのは零。あまりにも苦しい言い訳。だが否定することもできない。

零はそのまま言葉を続ける。

「ただそれだけのことです。それだけで犯人と決めつけられるのは心外です。そもそも、私は喪主として各テーブルに飲み物を手配していただだけで、故意に特定のテーブルにすり替えたジュースを持っていくよう指示したことは一切ありません！」

『──こちらのリンゴジュースをあのテーブルに配ってくれますか？』

「…………はい？」

青士のスマートフォンから流されたのは零の声。

『はい、大変お酒を召されている方もいるようなので。ではお願いしますね』

「故意に特定のテーブルにジュースを持っていくように指示しているな」

「…………」

目を見開き、絶句する零。

隣の迷子も驚愕する。

「ま、まさか盗聴器ですの⁉　いつの間にバーカウンターに仕掛けていたんですの⁉」

「人聞きが悪いな。バーカウンターに盗聴器なんて仕掛けていない」

青士は腰を上げ、零の喪服の首裏へ手を伸ばす。

「なにを……っ」

「くっついた物を取るだけだ」

そこから取り外したのは小指の先ほどの黒い物体。

「ただのブルートゥース接続のワイヤレスマイクだ。マジックテープで衣類にくっつく。自衛のために普段から自分の袖につけて録音してたんだがな。どうやら通夜振る舞いの席でアンタと赤音を引き離す際、たまたまアンタの方にくっついていてしまったらしい」

「「…………」」

絶句したのは青士を除く全員だ。

赤音が零の手を握りブンブンと振るのを青士が引き離したとき。あのときにワイヤレスマイクを零に仕掛けていたのだ。

「あのー、赤音ちゃんでもそれはちょっと引くかも。もし事件が起きるなら零ちゃんの周辺かもって思ったんでしょ？　だからってそういうのを女の子に仕掛けるのはちょっと……」

「いや、たまたまくっついただけだ。仮にそうだとしても、盗聴で罪になるのは住居侵入や器物損壊をした場合であり、盗聴行為そのものに罪状はない」

あくまでしらを切り、あまつさえ違法性はないと言い切る青士。

「「…………」」

微妙な沈黙が続く。

「……くすっ」

その沈黙を最初に破ったのは零だった。

「くすくすくすくす」

押し殺すように笑い、

「あはっ、あはは、あはははははははは！」

こらえきれず腹を抱えて笑いだした。

「れ、零さん？」

その豹変ぶりに戸惑う迷子。

ひとしきり笑った零が呼吸を整える。

「はー……笑いました」

そこには人形のように無表情だった少女ではなく、子供のいたずらがバレて舌を出すような、そんな一柳零がいた。

「全部正解でーす」

零はソファに深々と背を預け、行儀悪く足を投げ出す。

「あっさりと認めるんだな」

「はい。私があの豚さんにムカついたので、はーこいつ死なないかなーって思ってやっちゃいました」

「殺意があったと」

「もちろんです」

零はジュース瓶を手に取り、底面をローテーブルにごん、と打ち付ける。

「一柳家の当主である私に無礼を働いて酌までさせて、養子だなんだと陰口も言って、お父様の葬儀なのに豚みたいに食べて飲んで好き勝手言って……。あの豚だけじゃなくて周りの人たちも死ねばいいのになーって、ずっとずっとずっと考えていました」

ごん、ごん、ごんごんごんごんごん。

吐き出されるのは抑えつけていた黒い感情。

喪主として、当主として、親を亡くした子として。一柳零は謙虚に行儀良く振る舞い続けた。その無表情の裏で唇をかみ切りそうになったとしても。

みんな死ねばいいのに。

十二歳の少女ならばむしろこう考えるのが自然なのだろう。

自分や親を好き勝手言われ、上辺だけ媚びへつらってくる大人たちに何も思わない子供などいない。

零は手に持ったジュース瓶をパッと手放す。

「でもまー、あそこまで見事に飲んでくれるとは思いませんでしたけどねー。泥酔した豚はどうやら脳みそまで退化していたようで」

あはっ、と零は無邪気に笑う。そう、悪気は一切ないのだ。

人を殺しかけて悪気なく笑い続ける少女。

「零さん……」

迷子がそんな零を痛ましげに見る。

大富豪の家に養子として引き取られ、その親を亡くし、天涯孤独の身となった。

少女がこうも歪んでしまったのは周囲の大人たちのせいだろうか。

顧問探偵である迷子としても複雑な心情だ。

この少女を誰が責められるだろうか。

そんな零に青士が一言。

「──で、いくら払える？」

値段交渉をはじめた。

「あはは……はい？」

笑っていた零が固まる。

「俺はアンタが犯人だと暴いた。それでだが」

「ちょ、貴方には人の心とかないんですの⁉」

意味を飲み込めない零に代わり迷子が激昂する。

「自分が何を言っているのかわかっていまして⁉」

「値段交渉をしているだけだが」

「つまり黙っていてやるからいくら払えるか、ということでしょう⁉　確かに零さんのしたことは褒められたことじゃありませんが、それをネタに強請るのはいくらなんでも度が過ぎましてよ⁉」

「ひどい言われようだな」

「赤音さんも何か言ってあげたらどうですの！」

「んー？　まあこういうのは青士に任せてるから」

赤音は零に対して同情的だったが青士を咎める気はなさそうだ。

「こんのお二人は……！　そもそも零さんが事件を起こしたのはお二人の体質のせいなんでしょう⁉　あれこれ理由をつけても、やはりその生き方は認められませんわ！」

「そうか。貴重な個人的意見をありがとう」

迷子の非難もどこ吹く風の青士である。

そんな一連の流れを見ていた零は気になる点を質問する。

「体質ですか……？」

「いや迷子の妄言だ。探偵がいると事件が起きるなんていうな」

迷子は怒りで口をぱくぱくさせている。

「……ともあれ、私は今脅されているのですね。一柳家の当主である私を殺人未遂の罪で。口止め料として金銭を要求していると。ですが脅迫も立派な犯罪ですよねー？」

「いや、脅してはいない。そんな法に触れることは出来ないな」

とぼける青士を零が冷たく見据える。隣の迷子はもうふるふると爆発寸前だ。

そんな空気を察してか赤音が助け船を出す。

「ねー青士。ちゃんと言わないから伝わってないよこれ」

「ふむ？　なるほど。何か誤解があるようだが、これは俺たちをいくらで雇えるかという話だ」

「雇う？」

「ああ。俺と赤音はアンタの事件を暴いた。だからその手腕を買ってみないかという話だ」

いくら払える？　は脅しではなく単なる売込みの文句。

「な、な……なんて思わせぶりですの！　赤音さんは最初からわかっていましたの？」

「さすがに青士が小さな子を脅してたら赤音ちゃんでも怒るよ」

「だったらもっと早く言ってくださいまし」

「ごめんねなんか面白くって。それよりいいの？　この話って迷子ちゃんが失業するかどうかって話だと思うけど」

「は、はいぃ？　や、雇うってまさかわたくしの顧問探偵の立場になり替わろうと？」

大富豪の顧問探偵だ。報酬も相応にあるだろう。

「別にその立場には興味ない。どこかに腰を据えて働くなんてゴメンだからな」

「……では何の目的で私がお二人を雇うとー？」

零の探るような目に青士(あおし)は答える。

「アンタが顧問探偵の迷子(めいこ)を呼んだのは何か依頼したいことがあったんだろう？　クソ忙しい葬儀の日に呼ぶほど早急に依頼したい何か。大富豪が亡(な)くなって、その唯一の娘からの依頼ときたら……遺産の話に他ならない」

日本有数の不動産企業である一柳グループの会長にして創業者一族の当主だった龍一郎。

その遺産の額はいかほどだろうか？　数億、数十億、数百億で済むだろうか。

「大方、遺産相続で何かトラブルでも抱えているんだろう。だが俺たちなら解決できる。その隣のトンチキ探偵より確実にな」

「な、ななな、だぁれがトンチキ探偵ですってぇ!?」

「まぁまぁ落ち着いて迷子(めいこ)ちゃん。どうどう」

「馬じゃないですわよ！」

そんな賑(にぎ)やかな探偵たちを見ながら一柳零は何かを思案する。

そうしてその何かを思いつき、青士(あおし)の提案をあっさりと承諾する。

「いいですよ」

「零さん!?」

雇い主の心変わりに驚愕する迷子。

それを無視して零はニッコリと笑みを作った。

「代わりにお二人に一つ条件があります。——迷子さんに信用されてください」

三章　事件なんて起きる気配のない海浜公園　テトラポッド転落事件

通夜会場での一件から数時間後。深夜を回った都内はそれでも光が強い。

「立派なホテルですわね……」

湾岸エリアのタワーホテル入り口。

八雲迷子は普段は上げない角度まで顔を上げてそのホテルを見上げた。

「ストレッチでもしてるのー？」

タワーホテルから出てきた人影、もとい赤音に声を掛けられ慌てて首を戻す。

「ま、まあそんなところですわ」

「二十歳過ぎてからじゃ身長は伸びないぞ」

「背を伸ばすストレッチじゃありませんわよ！」

続いて出てきた青士。

二人は喪服から着替えており、迷子が初めて会った時と同じく青と赤のコートを着ている。

「全く、一旦ホテルに戻って着替えたいだなんて」

「喪服で出歩く趣味はない。それより迷子が俺たちを審査してくれるんだろう？　手短に済ませてくれ」

富豪一族の遺産問題。それに一枚噛もうとした青士。それは八雲迷子による身辺調査をクリアすることだった。

一柳零が青士たちを雇うにあたり課した条件。

身辺調査といっても難しくはない、ただ迷子が二人は信用できる探偵だと認めるかどうかだ。

もっとも、現状では迷子は二人に対してかなり懐疑的である。

「いきなり現れて遺産問題に噛ませろなんて信じられませんものね。貴方の口癖を借りるなら常識で考えて」

「言うじゃないか。葬儀会場では何もできなかったくせに」

「あれは雇用主の零さんが犯人だとは……いえ、その可能性も考えておくべきでしたわね。探偵として素直に反省しますわ」

「迷子ちゃん反省できてえらーい。これは伸びしろあるよ」

「年上に対する敬意とかないんですの？」

「で、このまま立ち話するのか？　ちなみに繁華街はお勧めしないがな」

いつまでもホテルの入り口で駄弁っているわけにはいかない。かといって深夜の繁華街に繰り出すのは体質の都合上問題がある。ただでさえ何もなくても事件が起きやすい場所だ。

「お二人の体質のことは一旦信じることにしました。まさか零さんまで体質に当てられて事件を起こすとは……。ですので静かなところを歩きがてら話しましょう。一つ所に留まるよりはそちらの方がいいのでしょう？」

「深夜徘徊だねっ」

迷子が先導し三人で近くの海沿いを歩く。

海沿いといっても砂浜の海岸ではない。徹底的に護岸工事された都内の海浜公園だ。

海を臨む手すりの向こうには、ビル群の夜景や停泊する貨物船が見える。

「一先ずお二人の詳しい話を聞いて信用に値するか見定めたいのですが、現状わたくしの所感としてはお二人を信用することはできません。人としてはさておき、やはり得体の知れない部分がありますし、というかそもそもの近づいた動機が金儲けのためでしょう？」

「なら迷子は無報酬で顧問探偵をやっているのか？　探偵なんてどう取り繕っても人の不幸で金儲けしている連中だろう」

「そう言って他人を下げても貴方がマシになったわけではありませんわよ？」

青士と迷子の間にまた剣呑な空気が流れる。

そこに赤音が割って入った。

「はーいストップ。このままじゃいつも通りだしさ、赤音ちゃんが話すよ。青士はちょっとお口チャックね」

「ふん……」

青士は数歩引いてスマートフォンを取り出す。話には参加しないという意思表示だ。

「わたくしも少し大人気なかったですわ。青士さんと対峙するとつい熱くなって……」

「え、もしかして恋？」

「ふざけないでくださいまし。そもそも向こうから文句言ってくるじゃありませんか」

「まー確かにそうだよね。でもさー」

赤音は迷子に近づき耳元で囁く。

「青士がここまで他人を気にするって珍しいんだよ。ホント、嫉妬でどうかしちゃうぐらい」

「あ、赤音さん……？」

「うそうそ。でも珍しいのはホント。多分迷子ちゃんが探偵に憧れてる探偵だからだと思う」

「どういう意味ですの」

「そんないいもんじゃないよってコト。私たちが今みたいな探偵をやり始めたのはここ一年だけど、それ以前から嫌なことをもっと見てきたから」

「……通夜会場でも聞いてはぐらかされましたが、その体質は生まれつきですの？」

「多分ね。小さい頃はなんともなかったけど。元々うちの家って事件と縁があるというか、お父さんは刑事だったしお祖父ちゃんは迷子ちゃんのところと同じく探偵だったからね」

「代々その体質だったと？」

　血筋なんて呪いみたいなものだろうに。青士が言った言葉だ。

「うーん。でも事件を起こすなんて聞いたことないんだよね。確かにお祖父ちゃんもお父さん

ん？」

も凄い仕事ができたみたいだけど、そもそもこんな体質だったらまともに暮らせないじゃ

「そんなこと言ったらお二人は今までどうやって暮らしてましたの」

「高校の頃からかな。カッコよく言うなら思春期の終わり？　周りで事件が起き始めたの」

赤音は語りだす。

喧嘩、盗難、カンニング。高校生にありがちなことだが二人の周りで頻発した。

元は荒れた高校ではなくむしろ大人しい進学校。だが理性で抑えられていた「してはいけないこと」につい魔が差すようにそれらは起きた。

学校という狭く人間関係が閉じられた空間。『動機』と『状況』にはこと欠かない。

やがて学校以外でも二人の周りでよく事件が起きることに気付く。ショッピングモール、飲食店、出かけた先。全部が全部ではないが原因は明らかだ。

自分たちがいると事件が起きる。

「事件もそうだけど冤罪とかもさ～責任感じちゃうじゃん？　関係ない人が問い詰められちゃったりしたらさ。学校の空気とかもう最悪」

だから青士は普段から先回りして証拠を集めて論理的に誤解を解いた。

赤音は持ち前の対人能力で学校の交友関係を全て把握し動機を先回りした。

それである程度上手くいったように思えた。

「でも結局大きな事件が学校で起きちゃってね。それを機にお父さんに相談しようとしたんだ。刑事だったお父さんは滅多に家に帰れないぐらいいつも多忙だったけど、ちゃんと話を聞いてもらう時間を取って。で、その日が来る前にお父さんは警察の仕事中に死んじゃった」

「……」

「お母さんは元からいないしお祖父ちゃんとお祖母ちゃんもとっくに亡くなってるし、周りのことどうでもよくなって、じゃあもう好きに生きるか〜って高校卒業と同時に青士と一緒に車で旅に出たんだ。青士ったら教習所通わずに飛び込みの一発試験で免許取ってね。それで好きに旅して、それでも事件は起きて、たまたま解決したら謝礼を貰えて。じゃあこういう生き方もアリかなって。どうせ普通に生きられないしね」

赤音は手すりに手を置き、真っ暗な海を見る。

海の向こうには煌びやかな夜景。そこに手は届かない。

「もし今回の件でまとまったお金が入ったら、事件なんて起きそうもないぐらい人のいない土地に大きな家を買うんだ。でも山奥とか無人島じゃなくて宅配ぐらいはちゃんと届いてほしいな。セキュリティも万全で、たまに人が通っても悪戯する気さえ起きないようなね。そこで静かに暮らすのが旅のゴール」

そのような都合の良い土地と家があるだろうか。あったとしてそれを買う金と一生暮らしていく金はどれほど必要なのか。

しかしチャンスが目の前に転がってきた。日本有数の不動産企業である一柳グループ。その創業者一族の全遺産を引き継ぐ一柳零ならばそれが叶う報酬を用意できる。

「それが私と青士の事情。どう？　信用してくれた？」

「……事情は理解しましたが、それでも首を縦には振れません」

「迷子ちゃんの言う理想の探偵から遠いから？　私たちも一応ルールは決めてるんだよ。例えば冤罪を作らないとか証拠集めに法を犯さないとか」

「盗聴はグレーだと思いますが……あと無資格の医療行為は法を犯しているのでは？」

迷子は通夜会場での点滴のことをツッコむ。

「あれは緊急時だからノーカン！　人の命は大事！」

迷子はジトっとした目で赤音を見たあとにため息を吐く。

「お二人は悪人ではないと思います。しかしお二人を零さんに近づけるのはどうなのかと思っているのも事実なのです」

迷子も暗い海を見る。

「祖父から引き継いだ仕事でまともに会ったのも今日が初めてでしたが、わたくしはあの孤独な少女を事件に巻き込みたくないと思いました。遺産問題がどのようなものかはまだわかりませんが、お二人が関われば何か事件が起きてしまう。それが不安なのですわ」

「まーそうだよねー。私たちみたいのが零ちゃんの近くにいたらねぇ」

ただでさえ遺産問題という事件の火種を抱えているのだ。

そして事件が起きた場合、一柳零本人が被害者となる可能性が一番高い。

顧問探偵の迷子としてそれは看過できない事実であった。

「そういうことですので今回はご期待に沿うのは難しいですわね」

審査結果は不適格。

迷子の判断は二人を零に近づけさせないということだった。

「お二人には申し訳ありませんが……」

「んーん。こんな体質なくなればいいんだけどねー。まあ無理かなー」

赤音は自分の手を夜闇に翳して諦めたようにぼやく。

体質がなくなればいい。そんな可能性を真っ先に考えて、それでも駄目だったからこそ今こうなっているのだろう。

「……そのような事情があったのなら最初から言ってくだされればよかったのに」

迷子が二人に、特に青士に抱いた第一印象は最悪だった。事情を知った今でも罠に嵌めるような金銭要求は受け入れがたいものがあるが。

「それはこっちも迷子ちゃんが信用できるかわからなかったし？　だからちょっとずつ餌を撒いてみたんだけど」

「餌って、まさか赤音さんがちょくちょく口を滑らせたように思えたのは……！」

喫茶店で話をしたときに体質や金銭要求のことまで調子に乗って話したこと。通夜会場で親がいないことを漏らしたこと。

「実は赤音ちゃんの戦略だったのです。って言えたらカッコよくない⁉」

「どっちなんですの……」

「でもまー迷子ちゃんに会えたのは良いことだと思ってるよ。私たちって他人との繋がり一切ないからねー。特に青士は自分から拒否ってるし。赤音ちゃんとしては死ぬまで青士と二人っきりでもむしろ良いんだけど、それはそれとして人付き合いも大事だと思うんだよね。どれだけ避けても全く人と関わらずには生きていけないから」

「まあたまに会うぐらいならいいですわよ。祖父にも好敵手の探偵がいたように、お二人とそういう関係になるのも……いや、ないですわね」

「ひっどーい！」

　気付くと三人は海浜公園の突き当りに辿り着いていた。

　この先は三角の形で海にせり出している堤防だ。

「話し込んでしまいましたわね。戻りましょうか」

「そだねー潮風でべたついちゃった。ホテル戻ってシャワー浴びよ」

「あんな高いホテルに泊まって。お金に余裕があるのかないのかどっちなんですの」

　赤音と青士が泊まっているタワーホテルはこの海浜公園からも見える湾岸エリアの一等地に

ある。値段のほどは推して知るべしだ。

「それは必要経費だよ！　宿のランクが高いほど事件が起きづらいから。それに今を楽しむことも重要じゃん？　私たちだっていつ事件に巻き込まれて死ぬかわからないし！」

「確かにセキュリティとか客層の違いはありそうですが、あと突っ込みづらい自虐はやめてくださいます？」

　そうして迷子が来た道を帰ろうとすると立ち止まっている青士と対面する。

「……青士さんどうしましたの？　もしかしてわたくしの判断に不服でも？」

　赤音にお口チャックと言われ今まで黙って付いて来た青士。

　青士は海浜公園の最奥、海に突き出た堤防を見ていた。

「いや、こんな時間に釣り人がいるんだなと」

「釣り人ですの？」

　堤防の先は先細り、△マークのようになっている。

　三角頂点の付近、手すりの向こう側で左右に分かれて竿が二本上がったり下がったりしている。段差のせいで人の姿は見えないが下からライトの灯りが二人分チラチラと光っており、「お、掛かったぞ！」という歓喜の声が聞こえた。

「夜釣りですわね。手すりを乗り越えてテトラポッド帯に降りてるようですわね」

　海辺によくある消波ブロックは、足場が悪く立ち入りが禁止されている場所も多い。

「へー危なそう。やっちゃいけないんじゃないの？　って体質のせいじゃないよね？」

「俺たちが来る前からいただろう。関係のないことだ」

青士も興味を失ったように踵を返す。

それと同時に、

「うわぁあああああ！」

ドボン！　と男性の悲鳴と共に何かが海に落ちる音がした。

「人が落ちましたの⁉」

迷子が三角の頂点に駆け寄り手すりから覗き込む。

ばしゃばしゃと音がする右手側を見ると、暗い海面で人が暴れているのがわかった。

堤防の高さは二メートル。降りたとして下は暗く足場の悪いテトラ帯。救助に向かうには自殺行為であり、沖の方へ流されたのかテトラ帯から手を伸ばして届く距離ではない。

「滑っちまったのかぁー⁉　大丈夫かー⁉」

溺れている方とは逆側、海に突き出た三角形の左側からは仲間の釣り人が心配する声をあげる。そちら側からは堤防の高い壁が邪魔で様子が見えず、また三角形の頂点付近には足場がないのでテトラ帯を歩いて回り込むこともできない。

「とにかく警察、いや消防に通報をしませんと」

慌ててスマートフォンを取り出す迷子。

その横から青士が海に向かって何かを投げた。

「ちっ、流されるか」

青士が投げたのはロープ付きのオレンジ色の救命浮き輪。

しかし一投目は潮の流れで予想より右側へ寄ってしまった。

「赤音と一緒にライトで海面を照らしてくれ」

「わ、わかりましたわ！」

赤音と迷子がスマートフォンのライトで海面を照らす。

青士はロープを引いて一度浮き輪を引き上げ、再度投げ入れる。

浮き輪は見事溺れていた男性に届き、そのままロープを引きテトラ帯まで引き上げた。

「なんとか助けられましたわね……」

迷子はホッと一息つく。

「でもどうして浮き輪を……まさかそれも用意してましたの？」

「こういう海浜公園には一定間隔で救命浮き輪が設置されている。常識だろう？」

青士のやれやれといった態度に迷子は顔を赤くし、しかし反論を飲み込む。

「ぐ、確かにわたくしの注意力不足ですわ……」

「丁度いい。この事件を通して先ほどの話の続きをしよう」

「先ほどの話って、もう結論は申し上げたはずですが……」

八雲迷子による二人の身辺調査。

その審査の結果は不適格と下されたはずだ。

「それは迷子が勝手に判断しただけだろう？」

「勝手もなにもわたくしが判断する立場ですが」

「いいや、審査されるのは迷子の方だ」

「は、はいぃ？」

§

その後。溺れていた釣り人は堤防の上まで登り、釣り仲間の男性と共に青士たちにお礼を言って公園を後にした。獲物と共に釣り竿が流されたのを嘆いていたが命あっての物種だろう。

二人の釣り人は空っぽの魚籠を引っ提げてとぼとぼと歩いて行った。

いち段落し青士が仕切り直す。

「さて、もしこれが事件だとしたらどうする」

「事故、ではなく？」

足場の不安定な夜のテトラ帯で滑って海へ落ちた水難事故。ではないという青士の主張に迷子は慎重に答える。

「根拠はありますの？」

「赤音」

「はーい！　なんか仲間の男の人が怪しい！　以上！」

「ええ……」

「犯人候補があの人しかいないからね。しいて言うなら、相方さんが海に落ちてからあの人が大丈夫かーって言うまで間があったじゃん？　まるで迷子ちゃんが声を掛けたから言ったみたいで気になるなーって。あとは釣り人さんならすぐに上に登って浮き輪を探したりしないかなーって。気が動転してただけかもしれないけど」

「それはそうですが……。今から追いかけて問い詰めでもいたしますの？」

「その必要はない。糾弾したところで得はないからな。それに言っただろう審査されるのは迷子の方だと」

「聞き間違いじゃありませんでしたのね。どういうことですの？」

「迷子が俺たちを審査する資格があるのかを審査するだけだ」

「また傲岸不遜な物言いですわね……」

迷子が口元をひくつかせる。

「根拠はある。先ほど迷子は俺たちが関われば事件が起きてしまう。それが不安なのだと言ったな」

「え、ええ」

遺産問題という事件の火種を抱える一柳零に二人を近づけさせない。それが迷子の判断だ。

「だが火種があるということは、俺たちが関わらなくても事件が起きるかもしれない。ということだ。さて、『事件が起きたら不安です』なんて言う奴に探偵が務まるだろうか？」

「っ！　それは、零さん本人に危険が及ぶ可能性を下げようと」

「同じことだ。俺たちがいてもいなくてもあの娘が被害者になる可能性が一番高いことは変わらない。ならば不安な迷子一人よりも俺たちを加えた方が安全じゃないのか？」

そこでだ、と青士は指を立てる。

「迷子がこの転落事件を最後まで解決できれば、俺たちは迷子の探偵としての実力を認めて大人しく引き下がろう」

言うなればテトラポッド転落事件。

釣り人の男性はいかにして海に転落させられたか。青士から迷子への挑戦状であった。

「この事件が俺たちの体質によって引き起こされた殺人事件だと仮定して、そのトリックを暴いて事件を解決してみせろ」

「……つまり推理ゲームということですわね」

迷子は状況を咀嚼し、不敵な笑みを浮かべる。

「わかりましたわ。そういうことなら受けて立ちましょう。この八雲探偵事務所の所長、八雲迷子が華麗に解き明かしてみせますわ！」

　黒のゴシックドレスにブラウンのトレンチコート。ハンチング帽に縦巻きロール髪の探偵は高らかに宣言した。

「わーがんばれー！」

　赤音が無責任なエールを送る。

「確認ですが事件の解決とは犯人を捕まえることは含まれてませんわよね？」

「ああ。特別サービスで動機も省いていい。あの釣り仲間の男が犯人だとして、いかにして被害者を海に落としたかだ。既に手掛かりは全てでている。ここまでお膳立てしてやったんだ簡単だろう？　では俺はしばらく口を出さない」

　青士は近くのベンチに座ってスマホをいじりだした。

「じゃあ私は迷子ちゃんの推理みてよーっと。一人だと寂しいもんね？」

「寂しくはないですが……こほん。まずは状況の整理ですわね」

　迷子は落ちていた枝を拾い地面に△マークを描く。

「釣り人は二人とも堤防の下にいましたわ。被害者は三角の右側、加害者は左側。現場は暗く足場の悪いテトラ帯。まあ正直何もしなくても転落しそうではありますわね」

「危ないよねー。たまに事故死のニュースとか見るもん」

「さて、単純に考えるとしたら後ろから突き落とせばいいですが、両者には物理的な隔たりがありますわね」

高さ二メートルの堤防は互いの姿を完全に隠し、△の頂点には足場がないため回り込めず、かといって一度堤防の上に登ると迷子たちと鉢合わせる。

「つまりこっそり近づくことは不可能。何かしらのトリックで転落させたことになりますが……まず考えられるのがプロバビリティーの犯罪ですわね」

「ぷろぱんがすの犯罪？」

「二文字しか合ってませんわよ……。かの江戸川乱歩が命名したトリックですわ。言ってしまえば偶然に頼ったトリック。例えば被害者に足場の悪いところを歩かせて自ら転落するのを期待する方法ですわ。確実性はないですが成功しても失敗しても犯行がバレないのがメリットですわね」

「なるほどね。確かに今の状況にピッタリ」

「ですが証明のしようがないですし、それじゃ青士さんも納得しないでしょう。それにプロバビリティーの犯罪は何日も掛けて試行回数を増やすもの。体質によって魔が差して引き起こされた事件と仮定するならば、トリックはこの場で作られた物となりますわ」

「この場で作られたトリックかぁ」

「離れた場所から人を落とすトリック。実は頭の中に浮かんではいるのですがどうもしっくりこなくて……」

「どんなの？」

「単純に釣り竿を使ったトリックですわ。自分は回り込めなくても釣り針は回り込める」

迷子は△の左右に釣り竿を描き足す。それぞれの釣り人の位置だ。

「三角の反対側から釣り針を飛ばして服に引っ掛けて引っ張ったってこと？」

「向こうの様子が見えないのにそんな器用なことできませんし、そもそも相手に気付かれてしまいますでしょう？　なので流れを利用しますわ」

迷子は海面の流れを示すために→△と描き加える。

「浮き輪が右側へ流されたように、海面の流れは左から右に流れています。浮く釣り針、例えば水に浮くルアーを右に流し相手の釣り糸と絡ませる。釣り人からは『オマツリ』と呼ばれる状態ですわね。混んでいる釣り場だとよく起きるようですし、狙えば難しくありません。そもそもこの釣り人のお二人が三角形の左右に分かれて釣りをしていたのもオマツリを回避するためですわね」

釣り糸はラインとも呼ばれ、文字通り海に向かって一本ラインが伸びている。そのライン上を別のラインが通るといともたやすく絡まってしまう。釣り人が他の釣り人の近くで釣りをしない一番の理由だ。

「それでぐちゃぐちゃに絡まったところでぐいっって引っ張れば、引っ張られた方は海に落っこちちゃうんだ！　……でもそれって普通にバレない？」

「そうなんですわよねぇ……。小さい頃に祖父に釣りに連れて行ってもらって何度かオマツリ状態になりましたが、魚の引きとは明らかに別物でした。事件が起きる前の『お、掛かったぞ！』という歓喜の声は魚が掛かったということでしょうが、ベテランの釣り人なら魚と人の手を間違えることはありえないですわね……」

迷子は口に手を当て考えをめぐらす。

「相手に本当に魚が掛かってからその釣り糸に横から引っ掛けた……？　それこそ偶然性が高すぎますし、そもそも声がしてから落ちるまでそんなに時間は空いてなかった……。どうやって人の手だとバレずに海に引っ張りますの……？」

釣り糸、海、流れ。この要素は間違いない。他に犯人は何を持っていた？　ヘッドライト、空っぽの魚籠。どちらも引っ掛けることには使えない。

迷子はふとベンチに退屈そうに座る青士を見る。青士ならばどう解決するだろうか？　先回りをして何かしら仕掛けを用意しているのか。先に仕掛けを用意する……？

「……犯人は先に自分で釣った魚を持っていたんですわ」

「なるほど！　……どゆこと？」

「トリックはこうですわ。まず自分の釣り糸に別の糸を付けてY字のように二股にしますわ。ルアーを海面に流して相手の釣り糸に引っ掛けるのは同じですが、ここで引っ張らずに二股のもう片方の釣り針に自分が釣って魚籠に入れていた魚を引っ掛けてリリース。そうすると魚は海の中を逃げていき……」

「被害者の竿に魚が掛かったようになるんだ！」

「そう、本物の魚が掛かっているのですから、その手ごたえを疑う余地はないですわ。そうして魚が掛かったと思い込ませたあとに一気に引っ張る。被害者は足場の悪いテトラ帯でバランスを崩して海に転落いたしますわ」

「急に引きが強くなってバレないの？」

「大物がいきなり力を出したとも受け取れますし、海にはサメやスズキといったフィッシュイーターがいます。アジが掛かったと思ったらそのアジに別の大物が食いついて一気に引き込まれたなんて話も聞いたことがありますわ。いずれにせよ最初の手ごたえが本物の魚なのですから引き込まれても相手が人間だとは思いませんでしょう？　釣り竿は海に流されていき証拠も残らない」

「確かにねー。もし引っ張っても相手が海に落ちなかったら？　ルアーが絡まってたのわかっちゃうよね。それに被害者の釣り竿が流されなかったらどうするの？」

「落ちなかった場合は単にオマツリしてしまったと謝るだけですわ。元々魚は犯人のいる側でリリースしているので左側にいますわよね？　こっち側に逃げてきた魚のせいで糸が絡まった。と主張すれば問題ありませんわ。糸の処理もこちら側でやればいい。万が一釣り竿が回収された場合も同様ですわね」

「うんうん。穴はなさそうだねー」

質問の体で推理の穴を確認していたのか、赤音は納得したように頷いた。

その様子をみて迷子は自分の推理に間違いはないと確信する。

「流したルアーと本物の魚を組み合わせたトリック。これが事件の真相ですわ！」

迷子は指を掲げ、ビシィッと青士を指して勝利宣言をした。

青士は暇つぶしのスマホを仕舞いベンチの上で足を組み直す。

「ふむ。トリックは概ねそのような物だろう」

「これでわたくしの実力を認めましたか？　だてに推理小説を読んでませんのよ！」

「一応の推理は出来るようだ。それで？」

「それでって……わたくしの探偵としての実力が」

「——それで、証拠は？」

「しょ……証拠ぉぉぉお？」

「最初に言ったはずだ。事件を最後まで解決できれば認める、と。トリックだけ推理して、はい終わりではないだろう？　証拠がないと犯人を追いつめられないぞ」

「それは、そうですが……でも証拠なんて……」

被害者も犯人も既に帰ってしまった。自白を引き出すのは不可能。

釣り竿は暗い海に流されている。

現場には何も残っていない。

「そうですわ防犯カメラ！」

周りを見渡す。ここは都内の海浜公園だ。防犯カメラの一つぐらいあるだろう。

それはあった。しかし……。

「あれじゃ公園の道しか映らないですわ……」

公園の防犯カメラは公園を映す物。犯行は堤防の下のテトラ帯で行われており、そんな角度までカバーしているカメラなど設置されているはずがない。

「貴方がそのスマートフォンで撮影していたりは？」

「いや、撮っていないな。そもそも堤防の下を覗き込みでもしない限り撮れないだろう」

「じゃあ……どのみち証拠なんてどうやっても……」

現実は推理小説と違い都合よく証拠が残っていることはない。

証拠不十分で不起訴。犯人無罪なんてケースはいくらでもある。

証拠がなければそれはもうないのだ。

「事件を解決できないなら俺の勝ちだな」

「初めからこうなるとわかっていましたの……？　証拠なんてあるはずないから解決できるわけがないと……！」

「それも含めて実力だろう。俺とお前では視点が違う」

「ふざけるなですわ！　卑怯ですわよ！」

「証拠不十分の犯人に対してもそう喚くのか？」

「そんな詭弁で貴方を認めるとでも⁉　貴方なら解決できたっていいますの⁉」

「ああ」

「嘘おっしゃい！　証拠がないではありませんか！」

「ある」

「ほーらみなさ……は、はぃぃぃぃいいい⁉」

「証拠ならある」

「な、あ……ど、どんな証拠があるっていいますの！」

「これだ」

出されたのはスマートフォン。さっきは撮影なんてしていないと言っていたはずだが。

「これは……！」

映されたのは犯行時の現場映像。

高い所から斜めに俯瞰するような視点で、犯人が釣り竿を引っ張って被害者を海に落としている様子が映っていた。

「だって、防犯カメラは角度が足りませんし、こんな高い建物……あ！」

迷子は周りを見回して気付く。この海浜公園からも見える建物。赤音ともそれについて話題にしていた建物。二人が宿泊しているタワーホテルだ。

「俺はホテルを出る前に三脚付きの望遠カメラを部屋の窓辺に設置した。もちろん暗視機能付きだ。カメラはリモート操作で向きを変えられる。俺はスマートフォンを使って常に自分とその周辺を映すように操作していた」

青士は歩いていた時からずっとスマートフォンを触っていた。それは望遠カメラの角度やズームを常に調整するためだった。

「で、でもわたくしたちがこの場所に来たのは偶然ですわ。ホテルの窓からだと一つの方角しかカバー出来ないじゃありませんか！」

この海浜公園には迷子の先導で歩いて来た。迷子自身としてもなんとなく歩いていただけで目的地を決めていたわけではない。

「ホテルを出た時に俺が言ったことを忘れたか？　繁華街はお勧めしないと」

「なっ、まさか……！」

迷子は青士のその言葉に同意し、静かな場所を歩こうと海辺に来たのだ。ホテルの窓が景色の良い海辺側を向いているのは必定。

「最初から誘導されて……？」

起きるかもわからない事件を警戒してそこまで事前に準備を済ませておく。

「言っただろう。俺とお前では視点が違うと」

それはカメラの視点でもあり、事件に対する視点でもあり、生き方の視点でもある。

「こ、こんなの……いや、でも……」

探偵ではない、と迷子は言いたかったがそれを飲み込む。

非常識で埒外。こんなアプローチで事件を解決するなど認められない。

だがかつて自分が憧れた名探偵たちはどうだった。事件そのものを俯瞰し、想像もつかない視点から解決してきたのが名探偵ではなかったのか。

確かにこれは迷子の信奉する王道の推理ではない。決して認めたくはない。だが……。

「認め……ますわ。わたくしの負けです……」

負けは負け。そこを捻じ曲げるほど恥知らずにはなれなかった。

「いぇーい！　これでゴールに近づいたねっ」

「本番の遺産問題の内容はこれからだがな」

俯く迷子とは対照的に、赤音は喜び青士はもう次の事件を考えている。

そんな様子を見て迷子は天を仰ぐ。

一方では認められないが、一方では認めずにいられない。そんな矛盾した感情が妙に心地よい余韻として残る。

「長年のライバルと競い合った祖父も、もしかしたら似たような気持ちだったのかもしれませんわね。……いえ、祖父はいつも愚痴を言ってましたわね……紫月の野郎、紫月の野郎と」

「お祖父ちゃんがどうかしたの？」

「ただ祖父のことを思い出していただけですわ」

「じゃなくて、紫月って。私たちのお祖父ちゃんの名前呼ばれたよーな？」

「え……？　あれ、うそ。そういえばお二人の苗字って……？」

「言ってなかったっけ？」

二人は迷子にきちんと自己紹介をしていなかった。呼び合う名前はいつも青士と赤音。迷子の前でフルネームを述べたことはない。

「睦月だよ。睦月紫月はお祖父ちゃん」

「平成の名探偵の睦月紫月ですの!?」

「え、そんな風に言われてたの？　青士知ってた？」

「ああ。別にどうでも良いことだが」

探偵に憧れる迷子にとっては衝撃らしいが、青士の反応は冷ややかだ。

「なんだ大したことないんだ」

「大したことありますわよ！　科学捜査が発達して探偵の出る幕がなくなって久しいですが、それでも多くの事件を解決し平成の名探偵と呼ばれたのが睦月紫月ですわ。一般人は知らないかもしれませんが、探偵界隈では有名なんですのよ！」

「へー全然知らなかった。でも探偵界隈って狭くない？」

「まぁニッチな世界ですが……最初に言ってくだされればよかったのに、そしたら……」

「名前で態度を変えるのが迷子の流儀か？」

「っ！　いえ、そんなことはありませんが……」

「多くの事件を解決したということはそれだけ事件に関わったということだ。睦月の名は事件に血塗られた名だ」

　名声の裏にはそれだけの事件がある。どれだけ取り繕ったところで、探偵とは自分から事件に首を突っ込んで自慢げに推理を披露し、美味しい所だけを持っていくハイエナだ。

「それでもあのクソジジイはもっと事件を解決したいと言って死んでいった。どこまでも自分勝手だ」

　この体質だってもしかしたらその報いかもしれない。と青士は自嘲する。

「だから探偵なんてロクなもんじゃない」

「それで探偵を冒瀆するような真似を？」

　探偵を貶めることが、青士なりの意趣返しなのかと迷子は推測する。

　青士たちの体質は確かに厄介だが、本人たちは言うほど悪人ではないのかもしれない。それが今回の件で迷子が抱いた感想であった。

「ふふっ、少しお二人のことがわかってきましたわ」

「ほう？　証拠はわからなかったのにか」

「次は負けませんわよ」

まだ次がある。

一柳零に今回のことを報告し、青士たちを加えて零が抱える遺産問題を解決するのだ。

その過程で零が事件に巻き込まれないように尽力しよう。そう迷子は決意した。

「さっそく零さんに報告の電話をしますわね」

そうして電話を掛ける迷子。

今回の結果を話し、そして――

「ちょ、どういうことですの⁉」

零から提示された依頼内容に目を見開いた。

§

そこは畳敷きの一室。奥には白木の柩。

葬儀場の安置室。文字通り遺体を安置しておく部屋だ。

柩には柳の葉と龍の木彫りがあしらわれており、火葬で失われるのが勿体ない程の一品であった。

そんな柩の傍には少女が一人。短くなった線香を取り換える。

線香番、というものがある。

今では廃れた風習だが通夜という言葉が元々『夜通し』を意味するように、線香の煙を絶やさぬように遺族が寝ずの番をする。

「……そうですか。お二人の事情も把握しました」

一柳零は迷子からの電話を受け、青士と赤音が今回の件に関わることを了承する。

体質とやらのことも包み隠さず報告されている。

「それが本当ならばむしろ好都合です。まさにそういう人を求めていましたので」

電話越しに混乱する迷子の声。

「ですので、ぜひ事件を起こしてほしいのです。――私自身を被害者とした殺人事件を」

一層混乱する迷子の声を受け、零は楽しそうに続ける。

「場所はそうですね。周囲から隔絶されたどこかの保養地にでもしますか。つい殺人をしたくなるようなシチュエーションを用意しましょう。楽しみですねー？　では詳しい話はまた後日」

それだけ言って電話を切る。

零以外は誰もいない静まり返った安置室。線香と、それでもなお消しきれない僅かな死臭。

零は養父である一柳龍一郎の柩に向かって語り掛ける。

「お父様にどのような思惑があったのかはわかりません」

零の手には開封された遺言状。

「ですが遺産は誰にも渡しません。だって、それがお父様との唯一の繋がりですから」

独りぼっちの少女は消え入るような声でそう決意した。

四章　登場人物以外はいない湖畔の舞台　リゾートホテル殺人事件

三日目　解決編　探偵の独白

ホテルのラウンジには残りの全員が集まっている。

「事件あるところに探偵あり……。すなわち事件あるところにわたくしあり……」

探偵八雲迷子（やくもめいこ）が前に出る。

「まぁまぁ。ここまではただの状況説明と犯行動機（ホワイダニット）。ここから犯行手段（ハウダニット）を突き止めてこそ犯行人物（フーダニット）がわかりますわ」

その場の全員の目を一身に受け、探偵は推理を披露する。

追いつめられた容疑者からは、証拠はあるのかとお決まりの文句。

「あらあらあら。これは一体どういうことですの～～～？」

さぁ決定的な証拠がでてきたぞ。

探偵は指を掲げ高らかに宣言する。

「動機、証拠、実行可能な手段。これらのことから犯人は、――」

一日目　事件前

「みーずうみー！　見えてきたー！　風がつめたーい！」

たなびく髪を押さえながら、赤音は車の助手席から身を乗り出した。

「危ないから体を引っ込めろ」

「え、心配してくれてるの？　赤音ちゃんのことが大切なの？　幸せ感じちゃうな～」

「警察に見られたら注意を受ける可能性があるから引っ込め」

「そんなこと言っちゃってー。警察どころか誰もいないって」

高速道路を降りて山間の国道を一時間と少し。観光地でもない人気のない山奥のダム湖。青士の車は湖沿いの道を奥へ奥へと進んでいた。

「まさに隔絶した土地って感じだねー。迷子ちゃんとか喜びそう」

「それが雇い主の要望だからな」

「自分から殺人事件を誘発させるんだよね？」

海浜公園での一件のあと、青士たちは正式に一柳零から依頼を受けた。

大富豪の一人娘である零が青士たちに依頼した内容は、自分が被害者となる殺人事件を引き起こし、それを解決してほしいというものだった。

「ようは自分の命を狙っている人を探して捕まえてほしいってことだよね」

「違うな。正確には自分の命を餌にして殺人未遂を起こし、その犯人を捕まえてほしいということだな」

「おんなじことじゃないの？」

「いや……そもそもなんで俺たちはこんな山奥に呼ばれた？」

そもそもなぜ青士たちはこんな山奥まで来たのか。

それは一柳零が親族――二つの分家に対し龍一郎の遺言状を公開するからであった。

一柳グループが経営する保養地を丸々貸し切っての親族会議。

ただし招かれる分家の人間はその家の嫡子のみ。

嫡子とは長男、あるいは長女。将来その家の家督を継ぐ立場の人間だ。

本家の嫡子が零。分家の嫡子がそれぞれ二人。

「各家の嫡子を集めての遺言状の公開。内容はわからないが十中八九遺産相続に関することだろう」

零が何か遺産関係で問題を抱えていたことはわかっていた。だから青士は近づいて自分を売り込んだのだ。

「そこでだ。わざわざ今日までもったいぶった遺言状の内容が、零に全財産を受け継がせる。だけで済むだろうか。だったら分家の嫡子を集める必要はない」

「みんなでオメデトーって祝うとか？」

「ちなみに分家の嫡子の一人はあの二宮秋人だぞ」

「誰だっけ？」

「……通夜の時にバーカウンターの前で言い合ってただろう」

「あー！　零ちゃんの悪口言ってたあのメガネオールバック！」

あれから一週間以上が経ったが通夜振る舞いの席で赤音と言い合ったのは記憶に新しい。

「確かにおめでとうって言いそうにないね。じゃあ遺言状の内容はこれから皆仲良くしてねってことかも」

赤音の能天気さに青士は解説するのを諦める。

「……まあ内容は着いたらすぐに明かされる。誰にどんな思惑があろうと事件が起きたら解決して金を貰う。今までと変わらない。そしてこれを最後にする」

零が青士たちに出した『自身が被害者となった殺人未遂事件を解決する』という依頼。その報酬額は青士たちの旅のゴールを実現するのに十分な額だった。

殺人事件などそう都合よく起きないが、この厄介な体質があれば話は別だ。

「でもそれって零ちゃんを危険な目に合わせちゃうよね」

「それについては迷子と話がついただろう。俺たちがいた方が事件を解決できる」

「でも本当に殺されちゃったら？」

「雇い主が死んだら報酬が貰えないからな。そこは善処するさ」

「……なんか焦ってる？　焦りとは違うかな、ゴールが見えて前のめりになってる？」

赤音は車の窓を閉めて問う。らしくない、と。

「いつまでもこんな生き方はできないだろう」

「赤音ちゃんのことを大切にしてくれるのは嬉しいけどさー。もうちょっとなんていうか、うーん人との関わり方？　孤立癖？　迷子ちゃんと会ってちょっとは改善したかなって思ったけど逆効果だったかな」

「自分で言語化できてないことを話すな」

「また誤魔化してー。そういうとこお姉ちゃんとしては心配だなあ」

「誰が姉だ。妹だろう」

「双子は妹にも姉にもなれるのです！」

「いや、なれない。出生届の記述が全てだ」

「そういうとこー！」

やがて車は湖の最奥、事件の舞台となる湖畔の洋館ホテルへと到着した。

駐車場の端に車を停める。

「建物からやけに離れてない？　歩かなきゃじゃん」

「この場所ならホテルの外観がよく見えるだろう」

ホテルの外観は三階建ての洋風建築だ。それだけ見れば趣のある建物だが、周りは春前の寂しい山々で特に名所もない山奥の保養地だ。

「もしかしてまた車の中で見張ったりするの？」

「場合によってはな」

「もー体壊すよー」

そんな会話をしながら車から荷物を下ろす。

そしてホテルのロビーを目指そうと二人が歩き出した矢先、別の車が二人を追い抜きホテルのロビー前のロータリーに止まった。

一昔前のタクシーを思わせるような角ばった白のセダン。その後部座席から降りてきたのは制服姿の女子高生だった。

女子高生は車の運転手と何かを言い合っている。二人が近づくとその内容が聞こえてきた。

「だぁから、挨拶とかしなくていいからさっさと帰って。こんなボロ車見られたらウチが舐められるっしょ？」

女子高生の容姿は派手だった。セミロングの髪にはピンクのメッシュが入っており、同じくピンク色のカーディガンを着崩し、まだ寒い季節なのにスカートの下は生足を晒している。

「親同伴とかハズいっしょ。当主サマには適当に言っとくから。あんな子供に媚売らなくていいんだっつの」

どうやらここまで送ってきた父親と話しているようだ。

やがて話がついたのか、白のセダンはホテル前のロータリーを回り来た道を戻っていった。

「……何見てんの？　つかおにーさんたち誰？」

必然、ホテルのロビーを目指していた青士(あおし)たちは女子高生と鉢合わせる。

「宿泊客だ」

「貸し切りって聞いてるんですけどぉ？　親すら宿泊禁止って聞いてるんですけどぉ？」

　このホテルは冬季は休業しており、今回は特別に営業した形だ。遺言状の公開にあたり、一柳零と分家の嫡子以外は招待されていない。

「睦月青士(むつきあおし)、探偵だ。遺言状公開の立会人として呼ばれている」

　青士(あおし)は前もって零から言われていた便宜上の立場を述べた。

「はぁ？　なにそれウケる。そーゆーのって弁護士とかじゃないの？」

「探偵って結構便利屋さんなんだよー。あ、ちなみに私は赤音(あかね)ちゃん。あなたは？」

「ふーんあっそ。ちなみにウチは知らない人には名乗っちゃダメだって親に言われてるから」

「三間堂百々華(さんげんどうももか)、だろう？　高校二年生の十七歳。分家の嫡子の一人だ」

　二宮家とは別の分家、三間堂家の長女だ。青士(あおし)は今回の参加者の情報を事前に調べていた。

「……へぇ。なにおにーさんってばウチのストーカー？」

「探偵だ」

「ふぅん。零のやつが何企んでるのか知らないけどぉ」

百々華が青士にスマートフォンを向ける。

「余計なことしないでネ？」

カシャリというシャッター音。青士はその前にカメラ部分を手で防いだ。

「肖像権の侵害だが」

「おにーさんイケメンだから撮っておきたくって」

「む、人の兄に色目使っちゃダメなんだよ！」

「なにそれジワる。じゃ、お先にね～」

百々華はピンクのキャリーケースを引いてホテルの中へ入っていった。

その後ろ姿を赤音が頬を膨らませて見送る。

「むー、なんか無敵の女子高生って感じの子だね」

「厄介なタイプかもしれないな」

「え⁉　ああいう子がタイプなの⁉」

「はぁ、俺たちも行くぞ」

青士たちは百々華から少し遅れてホテルの中に足を踏み入れた。

ホテルの内装は外見と同じく洋風で統一されていた。館内は暖色のライトで照らされ現代風というよりはクラシカルな雰囲気だ。

と、言うよりはクラシカルすぎる。まず目を引くのが壁際に飾られた全身金属鎧。そして天井付近の壁には鹿や熊の頭の剝製が掛けられており、その横には斧や剣に槍、果てはマスケット銃が飾られている。

「ここは中世の古城か？」

「外の雰囲気と合ってないねー」

山奥の保養地の内装にしてはいささか時代錯誤、いや地域錯誤というべきか。このホテルを手掛けた者のセンスが窺える。

「当ホテルにようこそ。睦月青士様と睦月赤音様ですね？」

青士たちが内装に圧倒されていると大柄な男性が現れた。

「私は当ホテルの支配人の大田原と申します。お二人の来訪、心よりお待ちしておりました」

男性は髪をポマードで固めてテカテカになった頭を深々と下げる。

まだ名乗っていないのに青士たちの名前を言い当てるあたり、宿泊客の特徴が全て頭に入っているのだろう。大田原支配人はその名の通り大柄で、着ているスーツもパツパツだった。

「青士だ。世話になる」

「凄い内装ですねー。熊さんの頭とか斧とか。支配人さんの趣味なんですか？」

赤音に問われ大田原支配人は困ったような表情をする。

「私の趣味ではないのですが……あぁ、危険はないですよ。刃物は刃引きされていますし銃もレプリカですから！　剝製は本物ですがもし生きた熊がでてもご安心を。自分は狩猟免許を持っていますので自前の猟銃で一発ドカンと……」

支配人なりに和ませようとしたのだろうが、追加で出された情報の物騒さに青士と赤音は顔を見合わせた。どうやらこの付近には熊がでるらしい。

「ははは……ではお部屋まで荷物を運ばせましょう。少々お待ちを」

支配人は少し離れてインカムで部下を呼び出す。しかし続けての来客で人手が足りないのか「おい、まだ戻っていないのか」「まったく、お客様を待たせてるぞ」と支配人の苛立つ声が漏れ聞こえた。

「荷物は自分で運ぶからいい。人に任せたくない性分でな」

青士の言葉に支配人は大仰に頭を下げた。

「申し訳ありません！　何分急な営業要請でスタッフも足りておらず……本当は私めが自らお運びしたいのですが、まだいらしてないお客様のご案内がありまして」

支配人の言い訳じみた謝罪もそこそこに、青士たちは部屋の案内だけ受け二つ三つ質問をしてロビーを後にする。

と、二人はロビーのソファに見知った顔を見つける。

いや、正確には青士はロビーに来た時から見つけていたがあえて触れなかった顔だ。

「……スゥ」

ティーカップ片手に優雅にくつろぐゴシックドレスにトレンチコートの探偵少女。もとい自称二十歳の八雲探偵所の所長、八雲迷子だった。

迷子の目が青士と合う。

意味深に微笑みかける迷子。

「……じゃあ荷物を置きに行くか」

「ちょ、無視しないでくださいまし⁉」

「ちっ」

舌打ちをすると青士は迷子の対面に座った。

「ふっふっふ、ようやく来ましたわね」

「やっぱり先に着いてたんだねー」

「いつもお二人に先を越されては癪ですので」

迷子はゆっくりとティーカップを口に運ぶ。

「このホテルの雰囲気は見事じゃありませんこと？」

「独特だよねー」

閉鎖された山奥の湖畔。凶器になりうるインテリア。他の客はいない貸し切り状態。

「時に、かの有名な『犬神家の一族』という推理小説をご存じですか？」

「名前はなんか聞いたことあるかもー？　凍った湖に下半身さかさまで突っ込んでるやつ？」

「確かにドラマや映画ではそのシーンが有名ですが……こほん」

　迷子は仕切り直す。

「ある富豪一族の遺産相続をめぐり、湖畔を舞台に繰り広げられる連続殺人事件ですわ。まさに今のシチュエーションにぴったり。さしずめわたくしは依頼を受けてやってきた名探偵、金田一耕助の役割ですわね！」

　ミステリーなシチュエーションに酔う迷子であるがそれを見る二人の目は冷ややかだ。

「つまり連続殺人を期待していると」

「えー、ちょっと迷子ちゃんとの距離考えちゃうかも」

「じょ、冗談ですわよ！　わたくしだって人死になんて起きてほしくありませんわ」

　不謹慎だと自覚したのか、迷子は気まずそうに弁明する。

「こほん……。このホテルも零さんがチョイスしたようですわ。此度の零さんの依頼は殺人未遂事件をあえて起こして解決する。という不可解なものですが、わたくしとしては未遂すら起こさずに穏便に終えたいと考えております」

「えー？　今さっきミステリーなシチュエーションって盛り上がっていたのにー？」

「公私や分別はわきまえております！　零さんの思惑が何であろうと、あえて事件を起こしてそれを解決。なんてやり方はわたくしの流儀に反しておりますので」

　依頼を達成した場合の報酬の話は迷子もされているが、金銭よりも零の安全を優先するのが迷子のスタンスであるようだ。

「お二人のことも、先の推理対決で負けたから今回の参加を認めましたが、お金優先の姿勢までは認めてませんのよ?」

「ふん。金に余裕のある奴は呑気だな」

「心に余裕があると言ってくださいます?」

「心に?　いつも騒がしくしているようにしか見えないが」

「ああ言えばこう言う人ですわね……」

「そういえば!　零ちゃんはもう着いてるのかな」

　空気が剣呑になるのを察した赤音は強引に話題を逸らした。

「着いてますわよ。わたくしの車で来ましたから」

「そうなの?　零ちゃんって本当に家の人とか誰もいないんだ」

　養父を亡くし養母も既に他界しており、家に家族はいないという。

「父親時代からの秘書や家政婦、あるいは未成年なら後見人ぐらいいそうだがな」

　それらを押しのけて迷子が傍付きというのも変な話ではある。

「あまり家の関係者は連れてきたくないようですわね。遺産ってナイーブな話ですもの」

　その点、顧問探偵の迷子は中立で丁度いい立場なのだろう。

「それに後見人の方はおりますが、まあ少々……」

迷子が言葉を濁す。

「どうかしたの？」

「いえ、今は関係ないことでしたわね。とにかく遺言状の公開を待たないことにはお話は始まりませんわね……」

それを話の区切りと捉えたのか、青士はソファから立ち上がる。

「じゃあ俺たちは行く」

「あ、少々お待ちくださいませ！」

こほん、と迷子が咳払いをし挑戦的な笑みを浮かべる。

「一つ推理ゲームに付き合ってくださいます？」

「いや、部屋に荷物を置きに行きたい」

「私もお手洗い行きたいかも」

推理ゲームの提案はにべもなく断わられる。

「すぐ！　すぐ終わりますので！」

仕方ない、と青士たちは再びソファに座った。

「では、窃盗事件で登場人物から次のような証言があったとしますわ」

A「Dは財布を盗んでいない」
B「Cは財布を盗んでいない」
C「Aは嘘をついていない」
D「Bは嘘をついていない」
探偵は四人のうち一人が嘘をついていると言った。

「財布を盗んだ嘘つきの犯人は誰か。おわかりですか？」

「えー、その人たちの動機とか背景とかは？」

「ありませんわよ！　ゲームと言いましたでしょう」

「うーん。でもこれ誰が嘘を言っていても成立しないような……」

どのパターンも論理的に破綻している。

「降参ですの？」

迷子がどや顔で煽ってくる。

「――探偵が犯人だ」

そんな迷子を青士が一刀両断する。

「探偵も登場人物の一人だ。探偵の証言を嘘だとすれば破綻しない。存在するのに無意識に容疑者から除外してしまう、見えざる犯人というやつだな」

「さ、さすがですわね……」

「わー確かに。で、これがなんなの？」

「探偵のような特殊な立場であっても犯人からは除外しないということですわ。ノックスの十戒的に言うならば探偵が犯人というのはタブーですが」

迷子は推理小説のお約束を例に出す。

「しかし現実は推理小説じゃありませんので。今後もし事件が起きたとしたら、わたくしはお二人のことも容疑者候補から外さない、と最初に断っておきたかったのです」

「それは逆に迷子が疑われてもいいということだな？」

「もちろんですわ。まあわたくしが犯人なんてありえませんが！」

迷子は胸を張って答えた。

「さてと、お時間も近づいて参りましたわね。集合場所はここの突き当たり、角のラウンジだそうですわよ？　一度荷物を置きに行った方がよろしいのではなくて？」

「誰のせいだと？」

「～～♪」

迷子はわざとらしい口笛を吹いて優雅なティータイムに戻る。

そして紅茶を一口飲み、神妙な顔で呟いた。

「……余興はおしまい。登場人物も出揃いましたし、ここからが本番ですわね」

§

「本日はお忙しい中お越しくださり誠にありがとうございます」

一柳零が挨拶をする。

ホテル一階の角地に位置するこのラウンジは広々とした一面のガラス張りで解放感があり、ソファやローテーブルが配置されたくつろぎの空間となっている。

だが今回集まった目的はくつろぐことではない。

ラウンジに揃った話し合いに参加する面々。

青士と赤音。一柳零と八雲迷子。

「フン全くだよ。僕だって暇じゃないんだから」

ビジネススーツを纏ったメガネオールバック男。もとい二宮家の長男、二宮秋人。

「ここ何もなくて終わってるんですけど。Ｗｉ－Ｆｉなかったら死んでるし」

スマートフォンから目を離さない女子高生。もとい三間堂家の長女、三間堂百々華。

計六人が集っていた。

「さて、皆さん自己紹介は必要ないですよね」

「なァ、僕にとって知らない顔が三人ほどいるんだが？　いや、通夜の時に見たことがあるな。

特にその女」

「女じゃなくて赤音ちゃんですー！　零ちゃんの悪口言ってたの忘れてないからね！」

赤音と秋人はバーカウンターで口論をしていた接点がある。

「俺は赤音の兄で睦月青士だ」

「フゥン、それでそっちのふざけた格好の子供はどちらさんだい？」

「子供じゃありませんわ！　八雲探偵事務所の所長、八雲迷子ですわ！」

「探偵？　ハッ、なんだって探偵がこんなところに？　この親族会議は分家の嫡子しか参加できないはずだろう？」

「八雲探偵事務所はお父様の代からの付き合いで、今回の立会人のようなものです。残りのお二人はその補助のようなもの。何も起きなければ何もないので気にしないでいただけると」

零が青士たちの立場を説明する。

「フン、何を企んでいるのか知らないけど無駄なことだね」

「それより本題はまだですかー？　当主サマー？」

秋人と百々華は零に対して好意的ではない態度を取っている。

秋人は以前から養子の零に対し、自分が一柳家を継ぐに相応しいと公言するほど敵対的なスタンスだったが、百々華もそれに似た何かがあるようだった。

「そうですね。歓談する雰囲気でもなさそうなので本題に入りましょうか。――一柳龍一郎の遺言状の公開と遺産分配について」

　場の雰囲気が張り詰める。

　大富豪の遺言状。遺産分配。

　当主こそ零だがその巨額の遺産はどうなるのか。一般家庭ならば親子関係のある零にすべて相続されるが、一柳家は一般家庭ではない。零が養子というのも禍根の一つだ。

　全ては遺言状の内容による。

　零が遺言状を取り出し、それを読み上げる。

一、遺産は全て次期当主の零に譲る。
一、ただし零が両分家の嫡子たちの支持を得られなかった場合、零を含めた全員の支持を得た別の者に遺産を譲る。
一、上記の事柄をこの遺言状が公開されてから四十八時間以内に決定すること。
一、時間内に決定しない場合、遺産は別紙の取り決めに従い会社（一柳ホールディングス）に遺贈する。

「フゥン」

「へえ？」

秋人と百々華が興味深そうに考え込む。

遺言状の公開を少し後ろのソファで聞いていた赤音は青士に耳打ちする。

「えーとつまり？　分家の全員が零ちゃんが遺産を継いでオッケーって言ったら零ちゃんが継いで、零ちゃん含めてやっぱ別の人がいいんじゃない？　ってなったらその人に全額いくってこと？」

「そして四十八時間以内に意思統一が出来なければ遺産は会社にいき全員一円も貰えないと」

赤音が要約し青士が補足する。

「リミットは今から数えると明後日のこの時間。十二時までだな」

「でもでも、零ちゃんのお父さんの遺産なんだから零ちゃんが継ぐで問題ないよね？　じゃあこの話はおしまい？」

「いや、これは思ったよりも厄介な内容だ。……対立を呼ぶ」

分家の秋人と百々華の両名が遺産を零が継ぐことに同意すれば話はこれで終わりだが、そう簡単にことが運ぶことはないだろう。

「フゥン。なるほどなるほど。流石は龍一郎さんの遺言と言ったところだ」

開口一番は二宮秋人だった。

「話術、交渉力、カリスマ性、運用能力。それらを兼ね備えた者に遺産を譲るというわけだね」

「秋人なに言っちゃってんのぉ？」

百々華が説明を求める。

「僕らは投票権を持っているようなものだ。誰を支持するかというね」

ある意味選挙の投票のようなものだ。ただし過半数ではなく全会一致が求められる。

では票を得るためにどうするか？　現実の選挙とは大きく違う点が一つある。

「この票は値段を付けられる。売りつけることができるんだ」

その言葉に零は顔を歪ませ、逆に百々華は顔を輝かせる。

「へぇ！　じゃあ支持してほしかったら遺産分けてってコトだ」

零が各分家の支持を得る方法。それは遺産を切り売りして票を買うことだ。いくら払うから私を支持してください、と交渉する力が求められる。

「そして、何も遺産受取人が零である必要はない！　僕が受け取ってもいいわけだ！」

そう、遺産を切り売りするのが零である必要はない。

仮に秋人が全員から支持されれば、秋人に遺産が全額渡りそこから分配される。

見方によっては本来零が受け継ぐはずだった遺産を横取りするようなものだろう。

「私が貴方を支持するとでも思っているのですか？」

零からしてみれば秋人を支持する理由はない。分配の主導権を握られるようなものだ。

「フン、何もわかっていないようだな。子供に莫大な遺産が渡されるよりも、大人が管理した方がいいに決まっている」

一柳零は十二歳。二宮秋人は二十七歳。加えて秋人は自身で会社も経営している。管理という観点ならば秋人の方が適任だ。

「仮に零が支持する代わりに十億円をくれると言っても、本当に零に十億円を譲渡する能力はあるのかい？　そのまま渡したら贈与税で数億は国に持っていかれるよ？　僕ならいくらでも方法がある」

「てかさぁ、遺産ってぶっちゃけいくらあんの？」

百々華がもっともな質問をする。

「資産が多岐にわたるため正確にはわかりませんが……数百億は下らないかと」

「……マジ？」

「はい」

零は淡々と答える。その感情の殺し方は通夜(つや)会場で見たときと同じだ。

「フゥン。だがその大部分は現金ではなく株や不動産のはずだ。おいそれと現金化するわけにもいかないだろうね。ケーキを分けるのとはわけが違う」

秋人の言う通り、資産が膨大すぎると分けるのも簡単にはいかない。

「零にそれを細かく分配することができるかい？　遺産を一旦すべて僕に管理させてくれれば後で公平に分けてみせよう。金融や不動産は得意分野だからね」

「じゃあとりま十億とかもらえたりするの？」

「税金対策で何かしら形を変えるが、速やかに渡すと約束しよう」

「いいじゃんいいじゃん。てかこれ秋人でよくない？　公平だって言ってるし零だってぶっちゃけ持て余すっしょ？」

「公平に分ける。というのがそもそも間違いです」

零目線からすれば、そもそも遺産を公平に分ける必要はない。実の兄弟ならともかく、零は本家、他は分家なのだ。もし遺言状がなければ法律的には遺産は全額零が受け継いで当然のものだった。

「私の目にはお父様の遺産を外からハゲタカが啄もうとしているようにしか見えません」

「いやいや、てか外から来たのって零の方じゃん？」

「っ……」

零は養子である。法律的には零は一柳家の当主であり正当な後継ぎだが、他の家からみたら外から来た孤児にすべてを取られるようなものだ。

「全くその通りだ。龍一郎さんもそう思っていたからこんな遺言状を書いたんじゃないかな？」

「お父様はそんなことっ……」

「じゃあ君は僕らの支持を得るために何を示せる？」

「それは……」

「何も示せない。そんな当主に誰がついていく？」

「ですが、これはお父様の遺産です」

「だーかーらぁ。養子の零よりウチらの方が血縁でしょ？　遺産はウチらのもんだし、むしろ分けてあげるって言ってんじゃん」

「違います！　遺産は私が受け継ぎます！」

「子供の駄々に付き合っている暇はないんだがね……」

「こいつウチらのこと舐めてるんじゃない？」

秋人が苛立ちを露わにし、百々華も舌打ちと共に零のことを睨みつける。

「はーいそこまでー」

悪くなる一方の雰囲気に待ったを掛けたのは赤音だった。

「これ以上言い合っても何も決まらないだろうしさ、一旦時間を開けてもいいんじゃないかな？　まだ時間もあるんだし」

「そうですわね。わたくしも立会人の立場としてこれ以上の議論のヒートアップは見過ごせませんわね」

立会人という立場を利用し、迷子も場の沈静化を図った。

「はぁ？　部外者が何言っちゃってんの？」

「いや、ここは矛を収めるとしよう。僕は大人だからね。度量の広さも持ち合わせているさ」

百々華は不服そうだが、秋人は休戦の提案に乗るようだ。

「だが小細工で時間稼ぎをしても僕が君を支持することはないだろう。そうなれば時間切れで本当に何も得られなくなるよ」

「他の人を支持するぐらいなら会社に取られる方を選びます」

どちらも一歩も引かない遺産争い。

険悪な雰囲気を残したまま議論は翌日に持ち越すこととなった。


秋人と百々華が出ていき、ラウンジに残ったのは青士（あおし）と赤音（あかね）、そして零と迷子（めいこ）だ。

「いやー白熱した議論だったね」

「これは相当こじれますわね……」

誰が遺産を引き継ぐか。そして引き継いだ遺産をどう分配するか。

部外者の立場から見ていても頭の痛くなる話だ。

「遺言状の公開なんかせずにポッケないないしちゃえば良かったんじゃないの？」

「零（れい）さんが持ってるのは写しで原本は弁護士保管ですわ。遺言状の隠匿は最悪懲役刑ですのよ？」

「へ～そうなんだ」

嫡子を集めて遺言状を公開することも事前に決められていたのだろう。これは元から避けられない争いであった。

「ちなみに零さん、遺産を等分にして手を打つという選択は……？」

「それはしません。絶対に」

零は有無を言わせぬ口調で即答した。

そして自身を抱くように両腕をつかむ。

「金額の問題ではないのです。私にはこれしかない。これはお父様との、家族との唯一の繋がりなのです……。それを無遠慮に漁られ、失っていくのは絶対に許せません。それに、万が一分け与えることになっても、その主導権は絶対に譲れません」

遺産は満場一致の支持を集めた者に一度全額渡される。

仮に二宮秋人に遺産が渡されそこから分配しようとした場合、どう分けるかは秋人の胸三寸。遺産の総額をごまかすこともできるし、すぐに現金化が出来ないなどの何かしらの理由を付けて分配を遅らせることもできる。

零が遺産を引き継ぐ。それが達成できない限り遺産は奪われたと同義である。

「だが現状相手を説得できる材料はない。このまま答えがでないままタイムリミットになれば遺産はすべて会社へいく。そうなれば本当に無一文だが？」

「タイムリミット……。くすっ、そうですね」

零は腕を抱くのをやめ、足を投げ出す。

「ええ、全くその通りです。だからこそ、そうならないために皆さんを呼んだのです」

零の雰囲気が変わる。

それは通夜会場で見せたときのような、お行儀の良さを捨てた雰囲気だ。

「盤面が膠着したなら、一度壊した方が主導権を握りやすいですからね」

それは無邪気、ではなく明らかに邪な言葉。

「皆さんは遺言状の別紙は読みましたか？」

遺言状には別紙に細々とした補足が書いてあった。

例えば話し合いの期間に怪我や急病、急死など何かしらの理由で参加不能になった場合、その者の支持表明は無効扱いとなり、残った者で遺産相続者を決めることになっている。

また相続者が決定しても遺産受取までの間に死亡した場合は再度話し合いを行い、支持を集めた者が相続する。

「つまりなんらかの理由で不参加になった者は遺産争いから脱落する。当然事故や死亡も。ならば私を脱落させたい人は何を考えるでしょうか」

「まさか零さん……」

「はじめは迷子さんだけを起用した別のプランもあったのですが、お二人の興味深い体質の話を聞いて思いつきました」

遺産相続で邪魔な存在がいれば人はどうするか。簡単な話だ。

「タイムリミットが近づけば近づくほど、秋人さんと百々華さんは私の存在が邪魔になる。排除したいという『動機』が生まれる。『状況』はもう整ってますから、これで事件が誘発されますよねー？」

そうして事件をわざと誘発させ、それを解決した結果……。

「——相続欠格狙いか。まあそんなとこだろうとは思っていた」

「そーぞくけっかく？」

赤音の疑問を迷子が引き取る。

「民法第891条ですわね。『次に掲げる者は、相続人となることが出来ない。その一、故意に被相続人又は相続について先順位若しくは同順位にある者を死亡に至らせ、又は至らせようとしたために、刑に処せられた者……』」

迷子は条文の一項を諳んじる。

「つまり、遺産欲しさに対立者を殺そうとしたらたとえ未遂でもその者は遺産を一切受け取ることが出来なくなりますわ」

青士たちの禁忌誘発体質を利用した相続欠格の誘発。

これが零の依頼である『自身が被害者となった殺人未遂事件を解決する』ことの真の目的であった。

「実際に警察に突き出さなくても、その証拠を握って脅せば支持せざるを得ないですよねー？」

「そう上手くいくとは思えないがな」

「駄目で元々です。何もしないよりは良いでしょう」

「でももしかしたら本当に殺されちゃう可能性だってあるんだよ？　それに、零ちゃんは本当にそれでいいの？」

自分が親族に殺される前提の計画。それはあまりにも……。

赤音の問いかけに零は「もちろん」と頷く。

「お父様の遺産は私との唯一の繋がり。それを守るために真剣にやっているつもりです」

それは一人の少女が真剣に考えた結果。

「子供の私には能力がない。養子の私には人望がない。何もない小娘が差し出せるのはこの命ぐらい」

そして自らの胸に手を当て微笑む。

「ならば命を懸けるしかありませんね？　——私は一生懸命がんばります」

ラウンジの窓から差し込む午後の日差し。

日の傾きが、少女の微笑みに影を作った。

§

湖が一望できるコテージ。そこが青士と赤音の仮宿となる部屋だった。

「わぁ〜いい雰囲気。ホテルの部屋よりこっちのが断然好み」

二階建てのコテージは一階がキッチンとリビング、二階が寝室となっているオーソドックスな造りだ。壁は丸太で組んであり、自然の中のコテージと聞いて想像する建物そのものだろう。

「欲を言えばベッドは一つでよかったんだけどな〜？」

たわごとを言う赤音を無視して青士はコテージを見て回る。

「防犯を考えるなら通路を見張るだけでいいホテルの方が良かったが」

ホテルがあるのになぜわざわざ離れたコテージが用意されたのか？

ホテルの客室はリニューアル工事のため使用出来ないという。

休業中のホテルを無理やり営業させたのだ。支配人とシェフを除けばホテルスタッフも最低限というのがその慌ただしさを表している。

その点コテージならば滞在中は客の自主性に任せられるので手間は掛からない。……というのが一柳零の言い分であった。

何か入り用であれば内線電話でホテル側と通話ができるが……。

「孤立した立地。まるで事件を起こしてくださいと言わんばかりだな」

このコテージはホテル裏手の広場から湖に向かって小道を少し歩いた場所にある。

小道はホテルから扇状に分かれて伸びており、それぞれ五つのコテージに繋がる。

そしてコテージとコテージの間には目隠し用の生垣があり、隣のコテージの敷地に侵入することはおろか様子を見ることもできない。つまりそれぞれが孤立している形だ。

「プライバシーの観点から言えば配慮が行き届いているが、逆に言うと生垣の向こうで何が起きているかはわからない、か」

「遊園地とかにある緑の迷路みたいだよね」

赤音の言う通り、横幅一メートル、高さ四メートルを超える生垣は迷路の壁を彷彿とさせる。

無理に登れば派手に枝を損傷させてしまう。

唯一、湖の方面は植え込みの背が低く開放的だ。湖の展望まで遮っては本末転倒ということだろう。コテージからは階段で浜辺へ降りることができる。

「浜辺からの侵入は容易か。まずはここにカメラを仕掛けるか」

「うん、相変わらず普通にカメラを仕掛けるねー」

「安心しろ。普通のカメラではなく暗視モードも付いている。夜の浜辺も監視可能だ」

「そういう意味じゃないんだけどなぁ。というかそんなに持ってたっけ？」

青士のキャリーケースには長方形の監視カメラが十個近く入っていた。

「必要経費は向こう持ちなんで事前に買わせてもらった。Ｗｉ‐Ｆｉ接続により専用アプリで複数同時にリアルタイム監視が可能だ。近くを人が通りかかった際のアラート機能もある」

　湖側の監視は完璧だ。浜辺は弧を描いており、青士（あおし）のコテージから左右全域を見渡すことができた。誰かが浜辺に降りたらその記録は常に残る。

「もしも電波が切れちゃったら？　そういうのってお約束だと思うけど」

「確かにホテル側のネット回線が切断される可能性はある。こんな山奥だからな、スマホのキャリア回線も圏外だ」

　そう言って青士（あおし）はコテージの庭に小さな四角い板状のアンテナを設置する。

「衛星通信装置（スターリンク）だ。俺に圏外はない」

　地球を取り囲む数千基の人工衛星が提供する圏外の存在しない通信サービス。山奥のホテルで通信が絶たれて孤立などというシナリオは青士（あおし）の中にはなかった。

「わ～……本気だねぇ」

「証拠を握るためには出し惜しみはなしだ。理想は監視カメラをホテルの敷地（しきち）や他のコテージにも仕掛けたかったが……」

「支配人さんがダメって言ってたよね」

　青士（あおし）はロビーで支配人に公共スペースへのカメラの設置許可を取ろうとしたが却下されてしまった。このコテージのような自身のプライベートスペースなら可能だが、他の宿泊客のコテージには当然無断では仕掛けられない。

ちなみに五つあるコテージの内訳は、湖に向かって右から順に『零と迷子(めいこ)』『青士(あおし)と赤音(あかね)』『二宮秋人』『三間堂百々華』そして『空室』となっている。

「せめて一柳零のコテージにはカメラと盗聴器ぐらいは仕掛けたかったが、なぜか断られてしまったな」

「女の子のプライバシーをなんだと思ってるの？」

「だが被害者となりうる一柳零の周辺の監視はマストだろう」

「零ちゃんのコテージには迷子(めいこ)ちゃんが一緒に泊まるし、自前の対策をするって言ってたから、少なくともコテージは大丈夫でしょ」

「ふむ、トンチキ探偵(八雲迷子)と一緒というのは安心材料ではないが……まあいい。となるとあとはホテル全域を含めた監視か……。近くの山にもカメラを仕掛けられたら良かったんだが、あいにくダム湖の管理区画だ。山に無断で立ち入ってカメラを仕掛けると不法侵入になる。証拠集めで法律は犯せない」

全ての山は誰かの所有物である。登山などで気軽に立ち入っているがそれは所有者である国が許可しているからであり、私人が管理する山に無断で立ち入ればそれは違法行為となる。

「青士(あおし)ってそういうとこ真面目だよね」

「ルールの一つだ。そう決めただろう。この体質と生きていく上で」

法を犯さない。当たり前のことだが二人にとっては言葉以上の意味を持つ。

青士が探偵業で金を稼ぐのは探偵だった祖父への意趣返しの意味もあるが、金を稼ぐだけならば禁忌誘発体質を利用すれば近道がある。

体質に当てられて普段から抑えられている『やってはいけないことをしたくなる』。それは何も事件に限らない。例えばつい作業の手を抜いてしまう、ということもある。そうすれば危険な作業をともなう工場などで大事故を引き起こすことも可能だろう。それで株の空売りをしたり、ライバル企業から見返りを貰ったりできる。

だがそのように自らの意思で他人を不幸に陥れて金儲けをすることを二人は禁じている。

そうしなければいき着く先は奈落だからだ。そしてその奈落への第一歩が法を犯すことであると考え、二人は自らルールを定めている。

「そもそも不法行為で入手した証拠は裁判だと無効にされるからな。証拠の為なら何でもアリというわけにはいかない。それでもやりようはあるがな」

事件が起きるとしてどのように証拠を握るか。青士の腕の見せ所であった。

「でもさ、今回の件はちょーっとラインぎりぎりなんじゃないの？」

赤音が言っているのは証拠のことではなく、一柳零の依頼そのものについてだ。

わざと事件を誘発させて解決する。それは体質の悪用ではないかと。

「あれは向こうから提案したものだ。それに能動的に対立を煽ったりはしてないだろう」

「まぁそうだけどー。心情的には私も迷子ちゃん寄りなんだよね」

迷子のスタンスとしては零の安全が第一であり報酬は二の次だ。なので迷子は現在零に付きっ切りで行動を共にしている。

「一柳零に遺産が引き継がれなければ俺たちの報酬も支払われない。事件が起きなければタダ働きだろうに」

「また悪ぶって～」

「探偵ならば雇い主の意向を優先するべきだろう。もっとも、親から受け継いだ物にそんなに必死になれるなんて羨ましい限りだがな」

一柳零は遺産の金額よりも義父との繋がりの面を重視していた。

青士にとっては繋がりなど真っ先に捨てたいものであった。体質然り、事件に縁のある家系然り、睦月という名前然り。それらは呪いでしかない。

「それもこの依頼を達成すればおさらばだ」

まとまった金を手に入れ、周りに人がいない安全な住居を手に入れ、人との繋がりを絶ち、事件を起こさず静かに暮らす。それが旅のゴール。

だがそれは根本的解決ではない。体質はなくならないし、もう事件を誘発させない保証もない。家にしたって時が経てば周りに人が増えるかもしれない。そんな先回りの思考……。

「青士？」

「いや、関係のない話をしたな。とにかく俺は証拠を集めよう」

「……ふぅん?」

赤音はしばらく青士を見つめたあと、いつものように明るい声を出す。

「じゃあ私はいつも通り動機集めかなっ。正直さー遺言状の件だけだと動機が弱いと思うんだよね」

「ふむ。数百億の金は人を惑わせるには十分だと思うが」

「追いつめられた人にとってはそうかもしれないけど、そうじゃなさそうじゃん? それに、人を殺す動機で最も多い感情は怒りだよ」

ついカッとなってしまった、とは犯行理由でよく聞く言葉だ。事実、法務省が毎年作成する犯罪白書では殺人動機の八割近くが怒りである。

「といってもそれ以外の可能性ももちろんあるけどー、とりあえず私はお話をしてみるよ。それでこの人危ないなーって思ったら先回りして止められるし」

事件が起きる前から動機を調査し将来の犯人を特定する、と赤音は豪語する。

「ということで、まずはお待ちかねの今日の最重要イベントだね」

「? そんな予定あったか?」

遺言状の公開の他に何か行事はなかったはずだ。日も傾き始め、もう一日が終わる。

そんな青士に赤音は指を振る。

「ちっちっ。青士もまだまだだね。貸し切りのリゾートホテル！　大金持ちの集まり！　つまり高級レストランで高級ディナーだよ！　ドィナー！」

妙に発音よく、晩御飯への期待を述べた赤音であった。

§

「この度は当ホテルをご利用くださりありがとうございます。改めまして、支配人の大田原と申します」

大田原支配人は恭しく頭を下げた。

「当ホテルのシェフが腕によりをかけた料理をご堪能ください」

ここはホテルの一階にあるレストランだ。

夕食は一つのテーブルに一同揃っての食事となった。

食事の時間をバラバラにしなかったのはホテル側の負担を考慮した結果である。元々無理な営業を強いているので誰も表立って反対はしなかった。

「……」

「……」

「……」

だが青士たち探偵組はともかく、零、秋人、百々華の三人の間に流れる空気は重い。

昼にあれだけ言い合ったのだ。仲良くお喋りをして、という雰囲気には当然ならない。

「で、ではさっそく料理をお持ちします……。ほら、お客様がお待ちだぞ……！」

挨拶をした大田原支配人も気まずい雰囲気を察してかスタッフへ配膳の催促をする。

そんな空気を微塵も気にしない人物が一人。

「うっひゃーシェフの料理だって！　もしかしてフルコースってやつ？　楽しみだな〜」

「この空気でよく食欲が湧きますわね……」

テンションを上げる赤音と対照的に迷子は胃をさすっていた。

「美味しい料理も気まずく食べたら不味くなっちゃうじゃん？　食事のときぐらい仲良くしようよ。ほらノーサイドノーサイド」

「あっは。おねーさんウケんね」

赤音の空気作りに反応したのは三間堂百々華だった。

退屈そうにいじっていたスマホを置いて赤音に興味を示す。

「探偵って言ってたけど殺人事件とか解決したりしてんの？」

「するよ！　一週間ちょっと前にもしたよ！」

「うっそだぁ」

それを皮切りに何気ない雑談が生まれる。

「迷子(めいこ)ちゃんってステッキついてるけど足悪いの？　コスプレ？」

「コス……足は悪くありませんがお洒落(しゃれ)としてのアイテムですわ！」

「いやコスプレっしょ。インスタにそういう人いるしぃ」

「なー！」

迷子(めいこ)を巻き込んで賑(にぎ)やかに。

「秋人君って会社三つも経営してるんだってねー凄(すご)いよね」

「フゥン、今更僕に媚(こ)びたところで遅いよ」

「いや赤音(あかね)ちゃんは青士(あおし)以外は興味ないのでー」

「あはは、秋人フラれてやんの！」

二宮秋人も会話に加える。

「零ちゃんこのお魚美味(おい)しいね！」

「……そうですね」

たまに盛り下がるときもあるが、赤音(あかね)は会話のけん引役(パーティトーカー)として場を支配した。

「えー！　秋人君って金髪だったの？」

「そそ、昔グレてたんだってぇ。それで山？　とか行ってたって」

「グレて登山ってこと？」

「車で峠を走っていただけさ。学生の頃の話だよ」

赤音の目論見通り、何気ない会話で過去を掘り出していった。

そんな様子を見ていた迷子は隣の青士に耳打ちする。

「……赤音さんの会話力は凄いですわね」

「学生時代に教室で会話の中心になってる奴っていただろ。赤音はどこでもそれになれる」

「貴方には逆立ちしたって無理そうですわね」

「適材適所だ。それに万能ってわけじゃない」

教室で話を盛り上げるのが上手い者がいたとして、全ての人間が会話に加わっていたか？

当然加わらない者もいるし、そしてそういう者に対してノリが悪いと攻撃する者もいる。

「てか零さぁ、さっきからサゲすぎじゃない？」

「食事の際は静かにするように躾られましたので」

この夕食の最中、零は最低限の受け答えだけで自ら話に加わろうとしなかった。

「は？　なに？　ウチらに対する当てつけ？」

「他人に押し付けはしません。ご自由に話してください」

フォークとナイフを綺麗に使い行儀よく料理を食べる様は、優雅というよりは孤独に見える。

「社会人になれば会食は重要な交流の場なんだがね。当主がこの様だと一柳家の未来は怪しいね。実に嘆かわしい」

「必要なときが来ればそうします」

いくら場を盛り上げても遺産を取り合って対立しているという構図は変わらない。

せっかく温まった空気がまた冷えていく。

「つ、次はメインディッシュだよ！　きっと凄いブランド牛のステーキだよ！」

赤音がその空気を払拭しようとテンションを上げる。

「ほら、噂をすればさっそく……？」

丁度レストランのドアが開く。ドア、つまり外からの来客だ。

「……どちらさま？」

現れたのは高そうな毛皮のコートを着崩した老人だ。マフィアが被るような黒い中折れ帽を取ると短いロマンスグレーの髪が露わになる。

「おう、ちょうど飯時か」

突然の来訪者でありながら、気兼ねのない物言いだ。

来客を認めた支配人が慌てて駆け寄る。

「これは虎次様！　お越しになられるとは聞いておらず……」

「大田原か。久しぶりだな。元気にやってるか？　俺も飯が食いてえな」

「はい！　早急に準備させます！」

支配人とも既知であるようだ。

「虎次叔父様……」

零が老人をそう呼んだ。

叔父、というその呼称。つまりは——

「亡くなった龍一郎氏の実弟、一柳虎次氏ですわね……」

迷子がそう呟いた。

遺産相続の場に最後の火種が飛び込んだ。


一柳虎次。

一柳グループの副会長であり、亡くなった会長に代わる現在の実質的なトップだという。

「おう、日本酒はねぇのか？」

「も、申し訳ございません。急な来訪でしたもので……。ワインならご用意が」

「仕方ねえな。それで構わねえ」

休業していたホテルだ。酒の用意も最低限しかない。その無茶ぶりに支配人も冷や汗をかく。

先ほどからこのような虎次の傍若無人ぶりに一同は気圧されていた。

「虎次叔父様……いらしたのですね」

「そんな畏まった呼び方、寂しいじゃねぇの。今や二人だけの一柳家じゃねぇか」

二人だけの一柳家。その言葉に赤音が青士に小声で尋ねる。

「零ちゃんって家族いないんじゃなかったっけ？」

「叔父を家族とは呼ばないからな。とはいえ二人だけの一柳家というのは間違ってはない」

一柳虎次は独身であった。一柳の苗字を持つのは虎次と零の二人だけとなる。

「仲良くしてこうぜぇ？」

「そう、ですね……」

だが零は虎次を歓迎していないようだ。むしろ警戒しているともいえる。

「ワインをお持ちしました」

スタッフがワインとグラスを用意する。

「おう。んだよ白ワインか。俺ァ赤の方が好みなんだがな。言わなかったかぁ⁉」

用意されたワインに難癖をつける虎次。

それを受けた支配人がすかさず取り繕う。

「申し訳ありません虎次様！　お前たち、赤ワインを持ってこいと言っただろう！」

「まずは魚料理だから白と支配人が……」

「早く別のワインを取ってこいと言っているんだ！　のろまが！」

支配人がスタッフを怒鳴りつける。

「おいおい。そういじめちゃ可哀そうじゃねぇか」

その発端となった虎次は他人事のように言う。

傍若無人。まさにそのような言葉が似合う老人だ。

「虎次叔父様は何の用でこちらに？」

「あぁ？　死んだ兄貴の遺産をどうのって話をしてんだ。大切な姪の様子を見に来るのは当然だろぉ？　一応後見人でもあるからなァ」

後見人とは、この場合は親を亡くした未成年者の法的利益を保護する責任ある大人のことだ。叔父の虎次が後見人になるのは当然のことと言える。しかし法的利益とはつまるところ財産のことである。

言葉通りに受け取るならば姪を心配する親切な叔父であるが、昼に迷子が後見人のことで言葉を濁したように、「保護をする責任ある大人」というようには見えない。

「それに兄貴もおもしれぇ遺言を残したみたいじゃねぇか」

虎次は前置きもなしに遺言について言及する。

「……虎次さんにも遺言状のことを伝えたのかい？」

秋人の質問を零は首を振って否定した。

零の手によって遺言状が公開されたのは今日の昼過ぎだ。その場にいなかった虎次が知る由もない。

「遺言状の原本は一柳家の顧問弁護士が持ってるだろうが。実の兄が死んだんだぜ？　弟の俺にも見る権利があるわな」

遺族に渡される遺言状はあくまで写しだ。原本は遺言状の作成を依頼した弁護士が持っているが、そこに直接あたるのは横紙破りも甚だしかった。

「この話し合いは各家の嫡子の話し合いですよ。虎次さんには参加の権利はありませんが」

秋人は話し合いがこじれるのを嫌ってか虎次の参加を拒む姿勢だ。

いくら実の弟といっても、遺言状に書かれていない以上そこにねじ込むのは無理筋だろう。

法的観点から見ても零がいる以上は虎次に相続権はない。

「参加なんかしねぇよ。それはガキどもで勝手にやってろ」

だがまあ、と続ける。

「誰が遺産を継ぐかは全員一致の投票制で、時間までに一致しなかったら会社にいくって？

ククク、こりゃあ大変だなァ」

虎次が口に出したのは遺言状の内容。

その言葉にいち早く反応したのは秋人だった。

「虎次さん、まさかあなたは――」

「せいぜい会社に盗(と)られないように話しあえよ？　じっくり、好きなだけな」

一柳虎次は一柳グループの副会長で実質的なトップだ。

会社に遺産が遺贈されるということは、すなわち虎次に遺産が渡るともいえる。

つまり話し合いが膠着(こうちゃく)し、タイムリミットを迎えることで一番得をする人物であった。

「赤ワインをお持ちしました」

「おう」

片手にグラスを持ち、支配人にワインを注がせる。

余裕を持ったその姿はまるで王。

「――兄貴が死んだんだ。俺も好き勝手やらせてもらうぜ？」

事件の動機となりうる要素が一つ増えた。

§

■■■の独白

クソが。

なんとか今日が終わった。

まったくストレスのかかる一日だった。無能を使うのは苦労する。

後でまた適当に発散しておかないと。

このところ振り回されてばかりだ。

だが自分にも運が向いて来た。

このまま燻(くす)ぶっているだけの人生かと思ったが、これは千載一遇のチャンスだ。

ここでうまく立ち回ればこんな場所からおさらばできる。

だが恩を売る相手を間違ってはならない。

泥船よりも大船に乗るべきだ。

誰に利するのが一番得になるだろうか？

クソ。イライラして考えがまとまらない。

ストレスを解消してからゆっくり考えよう。

二日目

翌朝。朝食を終えた青士と赤音はホテル裏の広場にいた。

「……本当は近くの山や木にカメラを仕掛けられれば良かったが、まあやりようはある」

青士は樹脂製のケースを地面に置く。

「そんな物まで買ってたの？」

広場で青士が取りだした物、それは空撮用のドローンだった。

「地上がダメなら空からだ。昨日監視カメラの設置は却下されたが、やはり各コテージの出入りは最優先で監視しておきたい。何か事件が起きたときに各々の居場所や行動が特定できるからな」

空からならば一台で全てを見下ろして監視することができる。

「ずっとは飛ばしていられないが、うっかり操作をミスして木や建物に引っかかってしまう可能性もあるからな。そのときにカメラ機能がオンになっていても致し方ないだろう」

中々の詭弁であった。

「でもさーカメラの設置はダメなのにドローンはオッケーなの？」

「知っているか赤音。——盗撮は犯罪じゃないんだ」

「犯罪だよ？　何言ってるの？」

頭大丈夫？　という顔で赤音は青士を見る。

「いや、盗撮罪という犯罪はない。性的盗撮となると話は別だが」

「えっ、そうなの⁉」

「今まで俺が証拠で撮っていた写真はどうなる」

「いつもの屁理屈かな〜って」

「はぁ。例えば他人の住居に許可なくカメラを仕掛けることは建造物侵入罪になる。スカートの中を撮ろうとすればそれは迷惑防止条例だ。いずれにせよ盗撮そのものに罪はない」

「いや〜結局盗撮が罪だと思うけど……。あと青士って前に迷子ちゃんの撮ってなかった？」

「？」

「自覚がないならいいや。迷子ちゃんかわいそー」

「話を戻すが、街中で写真を撮って人が映り込んだら盗撮で検挙されるか？　肖像権の侵害にしても、アップで撮ったりネットに公開したりして本人に不利益を与えない限り立件するのは難しい」

「じゃあドローンで人の家を勝手に撮ってもいいの？」

「細かく言えばプライバシーの侵害に当たるかもしれんが、それも立件が難しい。なに、旅行の思い出作りで空撮するだけだ。何も問題ないだろう？」

「なんか限りなくグレーな感じ」

「まずは試験飛行だ」

もやもやとする赤音をさておき、青士はコントローラーを操作してドローンを飛翔させる。

するとたまたま近くを通りかかったホテルスタッフに呼び止められた。

「お客様ー！」

「ドローンの飛行はご遠慮下さい」

「旅行の思い出に記念写真を撮ろうとしただけだが？」

「この湖一帯はダムの管理区域なのでドローンの飛行は禁止されているんです」

「……」

青士はドローンを着陸させてケースに仕舞う。

その様子を見たスタッフは話が通じて良かった、と胸を撫で下ろしその場を去った。

「……その、青士？」

青士は地面に片膝をつく。

「追い込まれたな……。──迷宮入りだ」

「まだ事件はじまってもないよ⁉」

「いや、まだ手は……」

地面に膝をついたままブツブツとつぶやく青士。

そこへ別の人物がやってきた。

「おにーさんたち何してんの？」

ホテルで朝食を食べ終わりコテージへと戻る百々華だった。

「暇つぶしにドローンを飛ばそうとしたら飛行禁止区域でな」

「なにそれウケすぎ。てかウチも暇してんだよね。話し合いって昼からっしょ？　さっさと終わらせればいいのに」

百々華は広場にあったベンチに座りスマホをいじりだす。

昨日の夕食で赤音が場を盛り上げた功があったのか、最初に会った頃と比べ警戒心が溥れているようだ。

「ふむ、動機を探るチャンスか……」

「なら赤音ちゃんの出番だね」

赤音はとてとてとベンチに歩み寄る。

「百々華ちゃん？　暇ならちょっとお話ししない？」

「どんな？」

「んー、いつもスマホで何見てるの？　友達とのチャットとか？」

「そーゆー質問ってダルいんだけど」

「ありゃ」

赤音にしては珍しく会話の入り口を間違えたようだ。

それを見た青士が助け船を出す。

「ふむ。百々華が見ているのは主にSNSだろう。写真共有アプリでは数万人のフォロワーがいるようだしな」

「……おにーさんなんでウチのフォロワー数知ってんの？」

「？　探偵だからな。プロフィールに他のSNSのリンクを書くと身バレのリスクが跳ね上がるからおすすめしないぞ」

「いやガチでストーカーじゃん。やばすぎ」

百々華は顔を青ざめさせて全力で引いていた。

助け船は泥船だったようだ。

「青士はちょーっと黙っててようねー？　ごめんね百々華ちゃん。あとできつーく言い聞かせておくから。プライベートなこと見られちゃって気分悪いよね」

「……まぁ別に公開してることだしぃ？　現実の知り合いに見られるのはヤだけど」

「クラスの友達とかは知らないの？　数万人のフォロワーってすごいのに」

「言うわけないじゃん。学校の奴らなんかに」

「あんまり学校の友達好きじゃないの？」

「好きとか以前の問題」

「ふむ。友達がいないのか」

スパン！　と赤音が青士を叩く。

「黙ってようねー？」

そんな二人の様子を見て百々華は呆れ気味に笑う。

「まぁいることにはいたよ。ウチって可愛いし家はお金持ちだったたし？」

そうしてスマートフォンに目を向けて淡々と続ける。

「でもリアルの人ってそういうフィルター越しで見えやすい部分しか見てないとゆーか。だったら逆に顔も見えないSNSの方がマシっていうか、人の本心が見えるくない？」

指で画面をスクロールし、無表情に「いいね」をタップしていく百々華。

「赤音ちゃんはネットよりリアルの方が本心は見えると思うけどなー」

「……あっは。まー本心は見えたよ？　パパの会社が傾いて、私の羽振りが悪くなると離れていくトモダチの本心が」

金の切れ目が縁の切れ目。だがそんな百々華の友達事情よりも気になる情報がでた。

「百々華ちゃんの両親ってお仕事あんまりうまくいってないの？」

三間堂家も会社を経営しているようだが芳しくないらしい。

百々華はスマートフォンをいじる手を止める。

「余計なこと話しちゃったし……。まいっか。そーだよ。不況だなんだで最近急に悪くなったみたい。それでも本家を頼るのは忍びないって見栄張って、でも車はオンボロ。ママだって家を出て行った。結局世の中お金ってことでしょ。みんなお金しか見てない」

「そうかな」

「そうだよ。あからさまに周囲の態度が変わると面白いよ。この前の葬式だってさ、だぁれもウチのことなんか見向きもしないで、新しい当主サマの零に媚び売る奴らばっかり。今まで散々百々華お嬢様って言ってきてたくせにね」

百々華の言葉に赤音は口をつぐむ。上流階級の社交界は知らない世界だ。だがそんな金に纏わる世界で持ち上げられたり軽視されたりを経験すれば、十七歳の女子高生が人を信用しなくなるのは容易に想像できた。

「零も零で本家だからってお高く止まってウチらとは話そうともしないでさ。ガキのくせにホント生意気。おねーさんたちからもなんか言ってやってよ」

「うーん、零ちゃんも色々あるんだと思うよ。百々華ちゃんの言う通りまだ子供なんだから」

「だったら遺産をさっさと秋人に任せればいいじゃん。独り占めとかマジ子供」

これ以上は何を言っても火に油を注ぐだけだろう。赤音は特に反論しなかった。

「とにかく一円も貰えないなんて絶対ヤだから。何があってもお金は貰う。零と何企んでるのか知らないけど、邪魔だけはしないでね」

もう話すことはない、と百々華は自分のコテージへと歩いて行った。

§

緑の迷路を歩く二人。

「三間堂百々華は中々の動機を持っていたな」

「そうだねー。お金って怖いねー」

「ならば百々華を重点的にマークするか」

「うーんでもどうかな。殺意にはまだ一押し足りない気もするし、それに容疑者候補はまだいるでしょ。そっちのお話も聞きたいなっと」

コテージへと続く道。ただし二人が向かっているのは自分たちのコテージではない。

やがて現れたコテージのドアを叩く。

「こんにちはー！　まだおはようございます？」

「……なんだい一体」

　ドアから顔を出したのは容疑者候補の一人、二宮秋人だった。

「だから今の状況って膠着してるじゃん？　立会人の立場からすると穏便に円滑に進むのが望ましーわけで、折衝？　折衷？　いい感じに折り合いをつけられないかなってきたわけ」

　赤音はコテージの中に押し入り用意していた建前を述べた。「殺人事件起こす動機ある？」とはさすがに聞けないためだ。

「なるほど。間に人を通して交渉するのはよくある手法だ。企業でも政治でもまず事務レベルで折り合いをつけてからトップの会談に臨むからね。零にしては考えているじゃないか」

　秋人は何やら都合の良い勘違いをしているが赤音はそれに便乗することにした。

「でしょでしょ。それでお話聞きたいなーって、忙しそうなところごめんだけど」

　コテージのテーブルにはノートパソコンが三台も置かれていた。

　他にも資料のようなものが広がっており、何か仕事をしていたようだ。

「全くもって忙しいね。ただでさえ龍一郎さんが亡くなってグループ全体が慌ただしいんだ。本来ならこんな辺鄙な場所にきて呑気にお喋りしている場合じゃない。クールダウンなんて取らずにすぐに話し合いを再開したいよ」

自身も複数の会社を経営しており、グループの後継者候補と言われた秀才だ。一分一秒でも惜しむように仕事をしているのだろう。

「バリバリ働くんだねー。何か目的があるの?」

「経営者の目的なんて会社を大きくすることに決まっているだろう」

「大きくしてどうするの? 既に十分儲けてるんじゃないの?」

「金は力だ。君にはまだわからないだろうけど金が金を生むという言葉があるように、金はあればあるほどリスクが減ってリターンは増えるんだ」

「赤音ちゃんは幸せに生きられる分のお金があればいいと思うけど」

「ハッ、それは庶民の発想だね。経営者には従業員や株主に対する責任があるんだよ」

「それで今回の遺産も会社経営のために何としても欲しいんだ?」

「いや。そこまで欲しいわけではないよ。遺産は元々当てにしていなかった」

「へ?」

金への力説から一転、突然の執着の放棄。

遺産相続の候補者としていち早く名乗りを上げた二宮秋人。野心の塊である秋人は遺産を我が物にすることに躍起になっている。というのが青士たちの見解だった。

「金はあるに越したことはないが、僕はそれよりも零が継ぐことに反対だ」

「えー、それって零ちゃんが養子だから? さべつだよさべつ!」

遺産云々よりも、零が個人的に気に食わないという。

「フン。志の話だよ。龍一郎さんの後を継ぐに相応しくないということだ」

「志って言っても子供だから仕方なくない？」

「それでも自覚ぐらいはできるだろう。自らが当主として一族を、ひいては一柳グループ全体を引っ張っていくリーダーになるという自覚がね」

出自や年齢と関係なく、当主ならば継ぐべき責務だと秋人は主張する。

「だが本人にそれが感じられない。昨日の夕食の席でも見ただろう？　話に加わらない零を。本来ああいう場では積極的に発言して支持者を増やすべきだ」

「それこそまだ子供だからって思うけど、君だって昔は金髪にして登山してたんでしょ？」

「車で峠攻めだ！　……確かにあの頃の僕は未熟だった。人生で成し遂げたい目標も渇望もなく、ただ何か大きなことをしたいという漠然とした不安と衝動を持て余していた。……そんな時に会社をやってみろと道を示してくれたのが龍一郎さんだったんだ」

秋人は龍一郎から息子のように教えを受けたという。

「自分で事業をやってみて初めて身近にいる龍一郎さんの凄さがわかったよ。一見すると滅茶苦茶に見えても最後は全てを握っている。強烈なカリスマ、そう、カリスマを感じたんだ。この人についていきたい。この人の手伝いをしたい。その一心で自分が経営する会社を二つ、三つと増やしていった。いつか一柳グループの屋台骨になれるようにね」

秋人は手を強く握り、そしてだらりと力を抜いた。

「だが、龍一郎さんは亡くなられてしまった。残された零はグループの経営どころか一族のことにも興味がない。だったら！　僕が龍一郎さんの残した会社を継ぐしかないだろう⁉　取締役会の連中には任せておけない。龍一郎さんの意志を残さなくちゃいけないんだ。その為だったら何だってする。――たとえそれが親を亡くした少女から遺産を奪うことになってもね」

§

「意外と別方向のアツい動機持ってたねー」

「金よりも信念の方が厄介な場合もあるがな」

青士と赤音は秋人のコテージを出て湖の浜辺を歩いていた。

百々華と秋人からそれぞれ動機を聞いたが、どちらも引くに引けない事情がある。

あの後秋人に、「このまま話し合いが纏まらずタイムリミットになってもいいのか」と聞いてみた。

つまり遺産が会社に遺贈され、実質的に副会長の一柳虎次が遺産を引き継ぐパターンだ。

夕食の場で見せた存在感。カリスマという点では龍一郎に及ばずとも遠からず。実弟の虎次ならば龍一郎の後を継ぐに相応しいだろう。最悪の場合、その筋道でも秋人は納得するのか。

しかしそれを聞いた秋人は苦虫を噛み潰した顔で「虎次さんには任せられない」と強く否定した……。

「二宮秋人にも何か思うところがあるのか……」

しばらく浜辺を歩き、

「と、ゆーことで話を聞きにきましたー！」

赤音が浜辺に立つ老人に話しかけた。

「あぁん？」

黒い中折れ帽のつばから片目を覗かせ一瞥し、湖に向き直る。

一柳虎次。招かれざる来訪者。

今は毛皮のコートの代わりにハンティングベストを着ている。帽子とはチグハグなファッションである。

「邪魔だ。後ろに立つな」

虎次は両手で握っている釣り竿を大きく振りかぶった。

放られたルアーは三十メートルほど飛び、「どぷん」という音と共に着水した。

「年取った男の人ってなんで水辺があると釣りするの？」

海浜公園での事件を思い出したのか、赤音は青士に耳打ちする。

「さあな。暇を持て余すんだろう」

「ハッ、ガキにはわかんねぇよ」

声が聞こえていたらしく鼻で笑われる。

それから虎次は青士(あおし)たちを睨(にら)みつけた。

「うるさくするなら帰れ。魚が逃げる」

リールを巻いてルアーを引き上げる。小魚を模したそのルアーは大人の手の平ほどの長さがあった。

「そんなので釣れるほど大きな魚なんかいるの？　ダム湖でしょ？」

「いるぜ。ここの再開発をしたのは俺だからな」

「ふぇ？」

「んだぁ？　零に聞いてなかったのか。珍しく頼みごとしてきたと思ったら話し合いに使うとだけ言われてよ。俺が自由にできるリゾート地を一つ貸してやったんだ。クク、まさかそれが遺産相続の話し合いなんてその時は思わなかったがよ」

考えてみれば子供の零が今回のホテルを手配できるはずもない。後見人である叔父の力を頼るのは道理だろう。その代償として遺言状のことを嗅ぎ付けられてしまったが。

「ま、それで大田原に無理言って快諾してもらったってわけだ」

「無理言って快諾って矛盾してると思うけど……ここの支配人さんとは知り合いだったん

だ？」

レストランの席でも、虎次と大田原支配人は面識がある様子だった。

「前に面倒見てやったことがあってよ。アイツは本社の観光事業の役職持ちだったんだが、パワハラでひと悶着あったんだよ」

「あ〜……ああいう人って表面上はにこやかだけど下に当たりキツそう……」

「特に年下には容赦なくてな。んでいよいよ暴力事件かって時に、ほとぼりを冷ますために俺が再開発を進めていたこのリゾート地の開発責任者のポストをくれてやったわけだ。自然の空気を吸えば仕事のストレスもやわらぐだろって」

「それって地方への左遷っていうんじゃないの？」

「そのまま本社に戻らず支配人までやってるんだ。よっぽどここの空気が気に入ったんだな」

「ねえやっぱり左遷じゃないの？」

「やっぱ人間好きなことやるのが一番なんだよな」

「どうしよ青士、この人勝手がすぎるよ」

ホテルロビーのあの内装も虎次の趣味なのだろう。上から好き勝手指示されてその対応に追われる支配人の苦労が偲ばれる。

「ふむ。こんな所にリゾート地を作ろうとしたのはどうしてだ？　アクセスは悪いし、自然湖と比べてダム湖の景観じゃ集客力もないだろう」

「ククク。ダムの建設も一柳グループが仕切ったんだぜ。周辺の土地もタダ同然。景観だってこの浜辺みてぇに湖の奥まで来ちまえば気にならねえよ。それに……」

「それに？」

「今はもう溶けてるが、ここは真冬になると湖一面が凍るんだ」

「……それが？」

「アイススケートにワカサギ釣りだ。今時のＳＮＳとやらで映えるんだろ？　来シーズンには冬季営業も開始してガッポガポよ」

「……」

しばしの沈黙のあと、赤音が遠慮がちに言う。

「……えっとぉ、赤音ちゃん的にはちょっと古いかな～って」

「クク、素人にはわかんねぇか。ちっ、全然釣れねぇな」

虎次はまた釣り竿のリールを巻きあげる。

「オメーらと喋ったせいだ。釣りの邪魔ださっさと消えろ」

そして追い払うように手を振った。これ以上話を聞くのは無理そうだ。

「最後に、姪の零に対してはどう思っている？」

「もっと奥じゃねぇと釣れねぇか……？　あ？　零だあ？」

虎次は面倒そうに「そうだな」と呟いたあと口の端を上げる。

「兄貴の忘れ形見だ。——せいぜい可愛がってやるよ」

大きく釣り竿を振りかぶり、遠くに放った。

§

各々から話を聞くうちに話し合いの時間となった。

虎次は参加せずに釣りを続け、ラウンジには昨日と同じメンツが集まる。

続く議論。秋人が譲歩する金額を提示するが零は取り合わない。

「——！」

「——」

昨日と同じ平行線かと思われたが、事態は予想外の一手によって急変した。

「そもそも君には当主としての資格があるのか疑わしいと言っているんだ」

言葉の応酬で秋人が発した一言に零は動きを止める。

「……資格？　結局養子だから気に食わないということですね」

「そこまでは言っていない。ただ——」

「当主としての資格があればいいんですね？」

零の不敵な笑みに秋人だけでなく全員が眉を寄せる。

「迷子さん。例の物を」

「わかりましたわ」

迷子はバッグからタブレットを取り出す。

「一体なんだい？」

秋人が訝しむ。

「DNA鑑定の結果ですわ」

誰の？　とはこの流れで聞くまでもない。

「亡くなられた龍一郎さんの毛髪を拝借し、零さんのものとあわせて鑑定所へ依頼したところ……」

テーブルの上に置かれたタブレットを指差す。

「父権肯定確率99％。つまり零さんは龍一郎さんの実子であるということですわ」

100％というのは存在しないため、99％は実質親子であることを証明している。

「ば、馬鹿な……龍一郎さんと奥さんの間には子供なんていなかったはずだ！」

正式な子がいれば、親族としての付き合いがあった秋人が気付かないはずがない。

「つまり正嫡ではなく、隠し子ということか……!?」

「愛人との子ってコトぉ？」

百々華が歯に衣着せずに言う。

一柳龍一郎に愛人がいたかもしれない。零は愛人との子。そんな噂は通夜会場でも囁かれていた。

「それを龍一郎さんは養子という形で引き取ったのか……」

「法律上は養子ですが、私はれっきとした一柳家の血を引く者。当主として遺産を受け継ぐ資格はあると思いますが？」

零は証拠を突きつけたとばかりに問い返す。

「……そんなことで、認められるとでも思っているのか？」

秋人は険しい目で零を睨む。

「認めるも何も、事実じゃないですか。それとも今度は愛人の子だから駄目だとでも言うんですか？　秋人兄さまも心が狭いですねー？」

「違ぁうッ！」

秋人はテーブルを思いきり叩いて立ち上がった。

その目は怒気に血走っていたが、眉間に手を当てて自分を落ち着かせる。

「そんな、そうじゃ……くそっ。……僕はいま冷静じゃない。中座させてもらうよ。これは不参加ではないからな！」

秋人はラウンジの大扉を乱暴に開けて出ていった。

「……今日の話し合いは中止ですね」

やれやれ、とばかりに零は紅茶を口にする。

「白けたんでウチも戻るわー。あと、ウチも別にこんなことで零を支持する気ないから。そこんとこヨロシクね」

秋人に続いて百々華もラウンジを出ていった。

場にはまるで何かをやらかした後のような、微妙に重い空気が流れていた。

「……養子だなんだと言っておきながら、否定の証拠を出したらこれですか。どうしても私に遺産を渡したくないようですね」

零が持つ紅茶のカップは僅かに震え、ソーサーにかちゃりと音を鳴らして置かれた。

「私もコテージに戻ります」

「でしたらわたくしもご一緒に」

「少し一人にさせてください。その方がほら、事件が起きるかもしれないですよねー？」

「なおさらですわよ！」

「ボイスレコーダーやスマホのカメラも起動してますから、何かあっても証拠は取れます。とにかく、そういうことですので」

零は力なくラウンジから出ていった。

「赤音(あかね)。それとなく付いていってやってくれ。俺は迷子(めいこ)と話がある」

「らじゃらじゃー」

赤音もいなくなり、ラウンジには青士と迷子だけだ。

「お話って、なんですの？」

「ＤＮＡ鑑定とはな。迷子が提案したのか？」

「え、ええ。そもそも龍一郎氏がなぜ縁もゆかりもない零さんを養子にしたのか気になって、逆に縁があるんじゃないかと。もっとも、鑑定の結果がわかってメールが届いたのは昨日の夜でしたが」

「まるで探偵だな」

「探偵ですわよ⁉」

ふんすかと迷子は立腹する。

「結果を知ったときの一柳零の様子はどうだった？」

「喜んでおられましたわ。これで本当の一柳家当主として認められると」

養子であることのコンプレックス。それは零にずっと付きまとっていたことだ。

しかしその払拭の一手は更なる対立を生んでしまったようだ。

「証拠は出すタイミングが重要だ。いきなりポンと出しても誰も納得しない。それは迷子もわかっていたと思うが」

証拠のタイミングは青士が再三言っていたことだ。

このＤＮＡ鑑定の結果は今出すべきではなかった。事態は何も好転しない。

「ですがわたくしは口を挟める立場ではありませんので」

あくまで零の先走りだ、と弁明する迷子。

「探偵ならば予測できたんじゃないのか」

「わたくしが零さんにあえて火種を渡したと？　何も事件が起きないことに業を煮やして、あえて状況が不安定になるように？　そんなことはしませんわよ。そんなことは、探偵としてするはずがないですわ」

迷子は否定する。口元を手で隠して否定する。

「そもそもコテージの備えは万全。移動もわたくしが一緒にいて殺人の隙なんてありませんわ。だから零さんは絶対に安全ですわよ、拍子抜けするほどに。ですがこれがミステリーなら怒られますわね。だって事件が起きなければミステリーになりませんもの」

ミステリーマニア。青士たちはその度合いを少し見誤っていたのかもしれない。

探偵に憧れ、探偵になり、現実は違うと失望し、それでも訪れた絶好の機会。

どうしてもやりたい。探偵をやりたい。

そんな迷子が青士たちと長時間同じ空間にいて平常でいられるだろうか。

「全く。つくづく厄介な体質だな」

「考え込んでどうしましたの？　まぁ体質で事件が起きたら大変ですわよね」

迷子本人にその自覚があるのかないのか。

「ですがご安心を。もし事件が起きても、この八雲迷子が華麗に解決して見せますわ！」

自分の胸に手を当て、探偵八雲迷子は爛々とした目で宣言した。

それを受け、青士は迷子に忠告する。

「……一つ言うならば、視点を見誤らないことだ。目に見える動機に証拠、トリックが全てではない」

「そんなの推理小説の初歩の初歩じゃありませんの」

推理小説、と迷子は一笑に付す。

「ふむ……」

青士はラウンジの窓から空を見上げた。

雲の流れは速く、明日の天気が崩れることを予見させる。

「まだ手はあるが……機能するかは半々だな」

次の日、死体がでた。

三日目

ホテル内レストランでの朝食。

「今日が最終日か」

青士は皿にブラックライトを当てながら呟く。

「このまま何もないと良いんだけどねー。あと変な目で見られるからライトやめようねー?」

「フォークに拭き残しがあるな」

「やめようねー?」

朝食は特筆すべきことのない一般的なブレックファーストだ。

起床時間が異なる朝は夕食と違い、時間内に各々のタイミングで摂ることになっている。

「あ、零ちゃんと迷子ちゃん! 一緒に食べよー」

レストランに入ってきた零たちに声を掛けるが、一礼されただけで別のテーブルに座られてしまった。

「気分じゃないのかな?」

「神経質になるのは仕方ないだろう」

フロアの端では一番に来ていた二宮秋人が一人で朝食を摂っている。

昨日は結局あの空気を引きずったままで夕飯もテーブルを分けたほどだ。剣呑な雰囲気を感じてか出しゃばりの支配人も引き続き部下に接客を任せて引っ込んでいた。

そんな一同が翌朝になったら仲良く食事を囲んで、という雰囲気にはならない。

「うーんよくないなー」

心なしか窓の外の雲行きも怪しくなっている。

黒い雲が青空を覆うようにじわじわと迫っていた。

「一雨きそうだな。それも荒れそうだ」

「百々華ちゃんまだ来てないけど大丈夫かな」

百々華と虎次はまだレストランに顔を出していなかった。

各コテージからここまではさほど離れていないが、雨が降れば遮るものはない。

「百々華は昨日も朝食は最後だったな」

「朝弱いのかもねー。虎次さんは今日も朝食は食べないのかな」

虎次は昨日の朝食には顔を出さなかった。今日もこのまま朝食はスルーするつもりだろう。

「――全く、このホテルはどうして青空駐車なんだい。枝でも飛んできて車に傷が付いたらどうしてくれるんだ」

そう独り言を呟(つぶや)いた秋人は窓の外を憎々し気に睨(にら)んでいた。

「そういえばみんな結構いい車乗ってるよね」

「そうだな」

青士(あおし)たちは滞在中に駐車場で各人の車をチェックしていた。青士(あおし)たちが乗ってきた車(ビートル)。迷子(めいこ)はクラシックカー。秋人がスポーツカーで虎次が大型の高級SUVだった。

「スポーツカーは金の掛かってそうなカスタムだったな」

そんな会話を聞いてか聞かずか、スタッフの一人が各テーブルに言伝(ことづて)を持ってきた。

「失礼します。支配人からお車を屋根のあるところへ移動させましょうかと……」

そんなホテル側の提案に迷子は「気が利きますのね。お願いしますわ」と、秋人は「くれぐれも傷つけないようにしてくれよ？」と言ってそれぞれ車のキーを渡した。

青士はその提案に対して、

「いや、俺の車はそのままでいい」

と断った。

「どーして？　しまってもらった方がいいじゃん」

「人に自分の車を運転されたくないんだ」

「ふーん？」

赤音は疑問を持ったが、警戒しすぎなのはいつものことかとすぐに納得する。

「あ、百々華ちゃん！　雨降る前に来れたんだ。こっちどう？」

「はよーっす」

やがて百々華もレストランに現れ、そのまま青士たちのテーブルに座った。

「一緒に食べてくれるの百々華ちゃんだけだよー」

「ウチも零が一緒だったら座ってなかったケド」

少し離れた零たちのテーブルに聞こえるボリュームで話す百々華。

ピリついた雰囲気は引きずったままらしい。

ほどなくして、零が朝食を残したままテーブルから立ち上がった。

「どうしましたの？」

「食欲がなくて。私はもういいです」

そう言って出口に向かう零を迷子が慌てて追いかける。

「零ちゃん元気なさげだね」

「三日目だし疲れもあるだろうな」

遺産を巡る話し合い。折り合いのつかない親族。そして自分の命を懸ける緊張感。気丈には振る舞っているが、親を亡くした十二歳の少女に掛る心労としては限界が近いのかもしれない。

「……」

そんな様子の零を百々華は複雑そうな表情で見送る。

「百々華ちゃんも心配になったの？」

「はあ？　別にウチはそんなんじゃ――」

突如、悲鳴がレストランに響く。

「わたくしのおクルマぁぁぁぁぁぁぁぁああ!?」

発せられたのは、外に出た迷子の声だ。

青士は勢いよく立ち上がりレストランの出口へ向かう。

ホテル併設のレストランゆえ、外へのドアを開けるとすぐに駐車場へ出られる。

駐車場へ目を向けると、見えたのは燃え盛る炎。

「これは……」

八雲迷子のクラシックカーが激しく燃えていた。

「わたくしの、ローンもまだ……」

車を見て立ち尽くす迷子。

「本当に……」

その後ろでへたり込む零。

「車が燃えているのかい……？」

「うっそマジ？」

秋人をはじめ他の面々も駆け付ける。

「青士、あれ中に……！」

「ッ！　消火器だ！」

男手を中心に消火活動をする。

爆発に警戒しながら遠巻きに噴射し、やがて鎮火した。

内装は焼け落ち、ガラスは割れてフレームだけとなった車体。

しかしその中には黒く大きな人型の物体がある。

否、人である。

ハンドルを握ったまま、炎熱で胎児のように丸く縮まってもなお大柄なその体。

「大田原支配人……」

車の移動をさせていた支配人の焼死体であった。

§

「降ってきたな……」

ホテル一階のラウンジ。青士（あおし）は窓から外を見る。

急速に空を覆いつくした雨雲から強い雨が降り注ぐ。それは今の状況を表しているようだ。

「警察は一時間と少しで来るそうですわ」

「そうか」

固定電話は通じるしＷｉ‐Ｆｉも入っている。

ホテルへの道もコンクリートで舗装されている。たとえ豪雨でも封鎖されることはない。

警察は問題なく到着するだろう。

「つまりタイムリミットは一時間。ということですわね」

迷子（めいこ）はラウンジの面々にそう宣告する。

ラウンジにはコテージで寝ている虎次を除く全員が集まっていた。

「タイムリミットってぇ？」

百々華が手を挙げて質問する。

「それはもちろん、事件解決までの残り時間ですわ」

「は？　そーゆーのって警察の仕事じゃないの？」

大田原支配人の焼死事件。なぜ移動させようとした車が炎上したのか。事故なのか、あるいは誰かの仕業なのか。

いずれにせよ普通ならばその究明は警察に任せるべきだ。

だがここに集まった面々の事情は普通ではない。

「警察が到着すると当然事情聴取になりますわよね。人死にが出ている以上どれだけ掛かるかわからない。皆様方には別のタイムリミットがあるのでは？」

「別の……あ、そーゆーコト？」

遺言状に書かれた遺産相続のタイムリミット。

誰が遺産を継ぐかを今日の十二時までに決めなければならない。今の時間は朝の九時過ぎといったところだ。

「フゥン。事情聴取なんて受けていたら時間は過ぎ、遺産は会社に取られる、か……」

「だったらさっさと決めちゃえばよくなぁい？　この際もう秋人でいいっしょ」

「そう思わない者がいるようだけどね」

一同の目が一人に向けられる。一柳零に。

「私は引くつもりは一切ありません。お父様の遺産は渡しません」

「はぁ？　状況わかってんの？　時間がないっつってんの！」

「ならそちらが私を支持すればいいじゃないですか」

平行線だ。元より時間がないからといってすぐに決まる話でもない。

「――まぁまぁ皆様方。話し合いで決まらないのは百も承知」

間に割って入るのは今まで話し合いの場では傍観者だった迷子（めいこ）。

しかし事件が起きた今、場の主導権を握るのは探偵である。

「で、す、が。事件が解決すればその問題もすべて解決いたしますわ！」

車を失ったショックはどこへやら、ついに出番がやってきた。

「事件あるところに探偵あり……。すなわち事件あるところにわたくしあり……」

迷子（めいこ）はハンチング帽（キャスケット）に左手を添え、右手でステッキをタン、とつく。

「この八雲（やくも）探偵事務所所長。八雲迷子（やくもめいこ）にお任せを！　すぐに犯人を突き止めますわ」

そして胸を張って高らかに宣言をした。

「……フン。事件解決がなぜ遺産相続の解決に繋（つな）がるんだい？　僕らには遊んでいる暇はないんだが」

「そーそー。てか犯人ってなにさ。誰かがあのおじさんを殺したワケ？　何のために？」

迷子の宣言に対して秋人と百々華の反応は冷ややかだ。

青士と赤音も静観する構えを見せる。

「まぁお聞きあそばせ。支配人が巻き込まれたのは不慮の事故。ですがその事故を起こした犯人がいるのですわ。わたくしの愛車を燃やしたにっくき犯人が」

「だから何のためって聞いてんの」

「もちろん。零さんを殺すためですわよ」

「零をころ、え？　なんで零がでてくんの」

「それこそタイムリミットを忌避してですわね。遺言状の細かい取り決めでは、相続者が決定しても遺産受取までの間に死亡した場合は再度話し合いを行い、支持を集めた者が相続する。とあります」

それは遺言状の別紙にあった補足だ。

「つまり、最悪話し合いがタイムリミットになりそうだったら一先ず折れた形で零さんを支持して相続者にし、そしてこのホテルからいざ帰るときにわたくしと車に乗り込んでエンジンを掛けたらドカン。そしたら遺産は零さん抜きで分けられますわね」

「そんな、普通そこまでするわけないし……」

「残念ながらそういう可能性は否めませんの」

迷子は意味ありげに青士たちを見る。禁忌誘発体質。動機と状況があれば常識は関係ない。

当の青士は知らんぷりだ。この場で体質のことを言っても混乱を招くだけだろう。

「結果的に、支配人は零さんを狙った罠に巻き込まれて亡くなってしまったわけですわ」

コテージやホテルでは殺せる隙がない。ゆえに帰りの車を狙ったトラップだ。

「それがホントだとして誰が……」

百々華は口では困惑しながらも、視線は一人の人物に向けられる。

「フゥン。その言い方だとまるで僕が車に何かを仕掛けたように聞こえるが？」

秋人はイラついたようにオールバックをなでつける。

零と遺産争いで直接対峙しているのは秋人だ。零が死ねば最も得をする人物である。

「ご自分の胸に聞いてみてはいかがですの？」

「話にならないな。まだ君の車の整備不良を疑った方が現実的だ」

「あら？　わたくしの車は整備されてますわよ。現に昨日の夜は問題なく自走できましたわ」

「はぁ？」

「このような緊張した状況ですもの。わたくしもとある方の用心深さを見習って備えておりましたの。車の点検はその一環ですわ。皆さまがコテージに戻った昨日の夜の時点では何もありませんでした」

犯行時刻は昨日の夜から事件発生までの間となる。

「だからどうしたっていうんだい？　朝までの間に仕掛けるのは誰にだって出来るってことじ

ゃないか。駐車場は封鎖されているわけでもないんだ」

「ごもっともですわね。動機にしても、秋人さんだけに限ったことではありませんし」

「は？　ウチがやったっていうの？」

　何としても金が欲しいのは百々華の方だ。

　零や会社に遺産が渡っては百々華には一円も入ってこない。分配を明言している秋人に遺産を継がせるために零を排除する。という可能性も否（いな）めない。

「まぁまぁ。ここまではただの状況説明と犯行動機（ホワイダニット）。ここから犯行手段（ハウダニット）を突き止めてこそ犯行人物（フーダニット）がわかりますわ」

「手段なんて山ほどあると言っているだろう。特定なんてできるのかい？」

　秋人の言う通り場所と時間が広すぎる。

　密室事件ならばともかく、夜から朝にかけての青空駐車場などいつでも誰でも近づける。

「おっしゃる通り範囲を狭める必要があります。で、す、の、で」

　迷子（めいこ）はステッキで青士（あおし）を指す。

「証拠の提出にご協力してもらいましょうか」

「ふむ。なんの証拠だ？」

「――ドライブレコーダー。貴方（あなた）のことですから常時録画してますわよね？」

　車載カメラとも呼ばれるそれは、車の前方を録画し交通事故の際に証拠映像を残す。普通は車のエンジンを止めている停車時にはカメラはオフとなるが……。

「わざわざ車を駐車場の端に停めて建物と広場の方に向けているんですもの。撮っていますわよね？」

「ああ、その通りだ」

青士はスマートフォンを取り出しアプリを起動させる。すると青士の車についているカメラの映像が映った。

その画角にはホテルの外観、ホテル裏の広場および各コテージへの道、そしてレストランの出入り口が収まっていた。

「だから青士は車を移動させなくていいって言ってたんだ―」

ドライブレコーダーによる撮影は防犯目的のため盗撮には当たらない。設置場所も自分の車の中なので合法的に他人の敷地内に置ける監視カメラと言える。

「残念ながら炎上した車は映っていない。手前の大型ＳＵＶに視界を遮られてしまったな」

迷子の車が映っていれば事件は一発解決だったが、そう都合よくはいかないようだ。

「十分ですわ。大事なのはコテージから広場を通ってホテル側に移動する場合、必ずこのドライブレコーダーのカメラに映るということ。それはレストランに入るときも同様ですわね。逆に言えば、このカメラの画角から外れた人物は普通ならば行かない場所に行っていますわ」

例えば駐車場の他の車が止まっている場所、すなわち犯行現場だ。

「そ、その論理は横暴じゃないか？　駐車場に向かう道がそこしかないわけじゃないだろう。山に入って迂回してホテルの表、ロータリー側から駐車場に近づけばカメラには映らない！」

秋人が焦ったように反論する。

「確かに周囲は山々。厳密には駐車場に近づく道は一つではない。ですがコテージの立地をお忘れですの？」

「立地だと……？」

「ご存じの通り、各コテージは高い生垣によって囲まれております。枝を折りながら無理に乗り越えればその痕跡は残る。では一旦浜辺に出てから大回りいたしますか？　しかしその場合、カメラで撮っている人がいますわよね？」

迷子は青士に目を向ける。

「ああ。湖の浜辺は暗視モード付きカメラ数台で二十四時間撮影している。ちなみに昨日の夜から朝にかけてカメラに映った人影はない」

「つまり浜辺から迂回した人はいないということですわね」

「そんなカメラぐらいで……」

「先ほどから何が心配なんですの？　ドライブレコーダーに不審な行動が映ってなければなぁんにも問題ありませんわよね？　では見てみましょうか」

青士のスマートフォンでドライブレコーダーの映像を確認する。

まず迷子を最後に夜の間にホテルとコテージを行き来した者はいない。

そして早送りされた映像の最後の方、今日の朝の映像……。

「あらあらあら。これは一体どういうことですの～～～？」

そこではコテージ側から来た秋人がそのままレストランに入らず、画角から外れて迷子のクラシックカーの方に向かったことが確認できた。

「こ、これはたまたま外れただけだ！」

秋人がたじろく。

「たまたまですの？　なぜ？　なんで？　なんのために？　レストラン前に戻ってくるまで五分ほど経ってますわね？　そういえば、秋人さんは今朝一番早くレストランに居ましたわね。まだ誰もいない時間に何をしていましたの？　何かを仕掛けていましたの？」

「違う！　車を見ていただけだ！」

「見ていただけって、通用するとお思いですの？」

「僕は車が好きなんだ！　燃えたクラシックカーだって珍しい車だったから見ていたんだ！」

「ふむふむ。確かに車好きだったと夕食の席で言っていましたわね。ご自身のスポーツカーもかなり手が加えられているようで。さて、ここで車が燃えたそもそもの仕掛けはどんなものだったか考えてみましょうか」

車に乗り込んでエンジンを掛けたら即座に炎上。言葉では簡単だが実際どうやるのだろうか。

「素人がパッと思いつくのはガソリンを撒くことですわね。気化したガソリンはそれだけで危険な爆発物。ですがそんな状態の車に乗ったら普通臭いで気付きませんか？」

ガソリンスタンドで給油する際の僅かな揮発でさえ臭いがある。もし車内にガソリンが撒かれたら気付かない者はいない。

「ならばタンクをいじる？　ガソリン漏れを起こして車体だけに浸透させる？　あるいは未知の仕掛けを？　素人にはわかりませんわね。自分でカスタムするほどの車好きならばともかく」

一言で「仕掛ける」と言っても素人には手に余る。この場でそれができる技量を持った者は二宮秋人だけであった。

「ち、違う……僕は本当に……！」

「動機、証拠、実行可能な手段。これらのことから犯人は、――二宮秋人さん貴方ですわ」

「ちがぁぁぁぁあう！」

「僕はそんなこと、していないんだ……」

秋人は両手をテーブルに打ち付ける。

静まり返るラウンジ。

迷子は静かに続ける。

「民法891条。次に掲げる者は、相続人となることができない。その一、故意に被相続人又は相続について先順位若しくは同順位にある者を死亡するに至らせ、又は至らせようとしたために、刑に処せられた者……」

迷子が諳んじたのは相続欠格の制度。血縁や遺言状関係なく遺産を受け継ぐことが出来なくなる法律。

「零さんを殺害しようとした貴方には遺産を相続する権利はありません」

迷子はくるりと振り向いてゴシックドレスの端を摑んでお辞儀する。

「これで事件も遺産問題も解決ですわね？　犠牲者がでたのは悲しいことですが、あとは警察に任せましょう。謎はすでに探偵に解かれたのですから」

八雲迷子の勝利宣言。しかし、

「……っ」

それを聞いて崩れ落ちたのは一柳零だった。

「どうしましたの？　ここは喜ぶところでは？」

この展開は零が望んだ通りのものだ。

勝ち目のない遺産争い。自分の命を懸けて相手に殺人を行わせ、遺産争いから脱落させる。

荒唐無稽な計画だが、それは見事に達成されたはずだ。

「本当に……、本当に私を殺そうと……？」

だが、問いかけとともに零の頰には涙が伝う。

「違う！　僕は殺そうとなんかしていない！　濡れ衣だ！」

「はぁ。そういう弁明は警察の方になさってくだ――」

「少し、零ちゃんに言わせてあげて」

赤音は迷子の前に手を出して言葉を止める。

そのまま零の続きを待つ。

「……殺したいほど、嫌いでしたか？　私が憎らしかったのですか……？」

「君を憎いと思ったことがないとは言えない……。龍一郎さんの後継者が僕だったらと。だがそれで本当に、殺したいなんて思ったことはないんだ！」

「……」

憎しみの肯定と殺意の否定。

「憎んでいただなんて、自白ではありませんか」

「迷子ちゃんはちょっと黙ってて。……ねぇ、零ちゃんは本当に殺されるかもって心から思ってた？　どれだけ対立しても、殺されるまではいかないって、そうも思ってなかった？」

零の計画は自分に殺意を向けられることを前提としていた。

計画の成功は、すなわち殺意の証明。自分は殺されるほど嫌われていたという証明。

「本当はこうなって欲しくなかったんじゃないの？」

一日目に零が計画を打ち明けた時、赤音は本当にそれでいいのかと聞いた。

自分が親族に殺される前提の計画。それはあまりにも……悲しい考えではないかと。

「……これが結果です。結局、お父様が残した遺産が……私にとって唯一の繋(つな)がりでした」

零は秋人の目を見る。情けなく見開いた目だ。

結局親族なんて信用できない。血の繋(つな)がりの有無も関係なかった。

零が目線を外すと、秋人はがっくりとうなだれた。

事件は終着。

青士(あおし)はそんな秋人に近づき、寄り添うようにそっと肩に手を置いた。

そして一言。

「――いくら払える？」

金銭を要求した。

「あ……あぁ？」

状況が呑(の)み込めない秋人。

「もし真犯人が他にいて、俺が犯人を暴いたとしたらいくら払える？」

「何を言って……」

「大体このぐらいだとして、いくらだ？」

秋人にだけ見えるようにスマホで桁を提示する。

「……」

秋人は指を三本立てる。

青士は五本返す。

秋人が四本。

「契約成立だ」

突然の流れに一同は困惑する。

その中の一人、真犯人という聞き逃せない言葉を聞いた迷子はわなわなと体を震わせた。

「何を、してますの……？」

「何って、値段交渉だが？　犯人は二宮秋人ではない」

迷子の怒りが決壊した。

「は、はぁぁぁぁぁぁぁぁああ!?　何をばぁぁぁぁああか言ってますの!?　動機！　証拠！　手段！　全部揃っておりますのよ!?」

全力の抗議の声。

三拍子揃った推理を、金のためにひっくり返される？

「探偵としてっ！　そんな横暴は許しませんわ！」

「しかし事実なのだから仕方がないだろう。そもそも二宮秋人が犯人ならば、ターゲットではない支配人が車を移動させると知った時に焦って止めるべきじゃないだろうか」

「それ、は……。そこで止めると自分が怪しまれると思ったからでは……」

「うーん理由が弱いなあ。そもそも迷子ちゃんの動機は的外れだし」

青士に続き赤音にまで否定される迷子。

「なっ、まっ……。そこまで言うなら赤音さんにはわかるっていいますの⁉」

「うん、わかるよ」

そもそも、と赤音は語り始める。

「秋人君に殺意を抱くほどの動機はないよ。あるとしたら嫉妬と失望かな。龍一郎さんに心酔していた秋人君は自分が支えるんだーって会社興して頑張るけど当の龍一郎さんは亡くなって当主は養子の零ちゃんに。だけど秋人君は零ちゃんには龍一郎さんのようなカリスマや意思はないと思って失望してたんだよね」

赤音はつらつらと秋人の心情を好き勝手に代弁する。

「夕食のときに秋人君は零ちゃんに対して会食の場では積極的に話して支持者を作るべきだーとか怒ってたけど、これってむしろアドバイスだよね？　二日目の話し合いのときにＤＮＡ鑑定で実は血が繋がってるってわかって、零ちゃんはそれで皆に認めて貰えるって思って公表したのに、秋人君が『違ぁうッ！』って怒鳴って出て行っちゃって空気最悪になったよね。でもそれは二人の認めるの意味が違かったからで、零ちゃんはただ同じ一族の一員として認めてほしくて、秋人君は血の繋がりだとかは龍一郎さんの意思を継ぐのに関係ないっていう意味で認められなかったんだよね」

赤音の話は殺人動機から親族の仲の話へと移る。

「あとはねー。これは百々華ちゃんにも言えるけど、もうちょっと零ちゃんへの歩み寄りが必要だったんじゃないかなーって見てて思ったな。零ちゃんはつい大人びて振る舞っちゃうけどまだ子供なんだし、夕食のときだってこっちから話しかければ答えてくれたし、見下してるんじゃなくて遠慮して会話に入ってこれなかったんだよ。零ちゃんが欲しかったのはお金じゃなくてお父さんとの、もっと言えば家族との繋がりだったわけだしね」

ふう、と一通り語り終えた赤音は満足げな笑みをした。

「……と、突然何を長々と言っていますの？　そんな子供みたいな身内同士のすれ違いより、もっと殺人の動機になりそうな……」

「ないよ」

「は、はいぃ？」

「殺しをするほどの動機はない。それがこの名探偵赤音ちゃんが三日間二人を見ての結論だよ。迷子ちゃんの言う通り、これはただの身内同士のすれ違いだよ」

「ばっ、馬っっっ鹿にしておりますの⁉　大富豪が残した莫大な遺産ッ！　それを取り合った末の殺人事件でしょう⁉」

「でも正直人殺しをするほどの雰囲気だった？　迷子ちゃんがそう思い込んでた可能性は？」

八雲迷子が見ていた世界。

それは推理小説のような舞台で、醜い言い争いの末に殺人事件が起きる世界。

二人の体質に当てられ、そんなふうに思い込んでいた可能性はないのか。

「でも端から見るとそういう風に見えちゃうのかな。推理小説でも読むみたいに」

「そんな……だって、これはミステリーで……」

「秋人と百々華ちゃんは零ちゃんを殺してでも遺産を取るんだって思ってた？」

「僕は……さっきから言っているように殺人なんて考えたこともない」

「殺すとか、そんなん普通に引くし……」

迷子(めいこ)が認識していた世界を否定される。

「ですがッ！　現に犠牲者はでております！　ただの事故だとでも言うんですの⁉」

迷子(めいこ)の叫びに青士(あおし)が答える。

「いや、事故じゃない。これは明確な殺人事件だ」

「はぁぁぁぁぁああん⁉　言っていることがめちゃくちゃですわ！　矛盾してますわッ！」

「いいや、矛盾していない。前にも言っただろう。俺とお前では視点が違うと。犯行動機(ホワイダニット)、犯行手段(ハウダニット)、犯行人物(フーダニット)。俺はすべてわかった。車が炎上した仕組みもな」

「すべて……？　それに仕組みも？　それは車に詳しくなければ……」

「特別な知識なんか必要ない。あえてヒントを言うならば、支配人の死因か」

青士(あおし)はその場の全員を睥睨(へいげい)し、ソファの上で足を組み直す。

「――探偵交代だ八雲迷子（やくもめいこ）。なに、身構えなくてもすぐ終わる。簡単な解答だ」

§

窓の外では豪雨と雷鳴が轟（とどろ）いている。

青士（あおし）はそれを意に介さず、全員に向けて話し始めた。

「順を追って話そう。まずはわかりやすい疑問点だが、支配人はなぜ車の中で死んでいた？」

「それは、移動させようとした車がなんらかの理由で炎上したからですわ……」

「常識で考えろ。――だったら普通、車から出て逃げないか？」

「っ！」

「支配人はハンドルを握ったまま死んでいた。逃げるそぶりもなく。なぜだ？　車が炎上したら即死したのか？」

車が燃えてなお身動き一つしなかった理由。

「大田原支配人は既に死んでいた……？」

最初から死んでいれば逃げるもなにもない。

「車を炎上させる仕組みは簡単だ。車に死体を乗せて、そのまま死体にガソリンを撒（ま）けばいい。死体はガソリンの臭いなど気にしない。火をつける時だけ注意が必要だがな」

「ですがいつ支配人を……」

「ところでこれは全員に聞きたいことなんだが、最後に支配人の姿を見たのは何日目だ？」

「何日目って、昨日も今日もいたっしょ？」

　百々華が指折り数えて確認する。

「いや……僕は直接見ていない。昨日の丸一日も、場の雰囲気が悪いから引っ込んでいたのかと思っていたが……」

「確かにウチも直接は見てないケド。あ！　でもそもそも車を移動させようって言ったのは支配人っしょ？　じゃあ今日……って見てないや」

　車の移動の提案はあくまで支配人からの言伝（ことづて）という形だ。直接言われたわけではない。

「俺の認識が正しければ、最初の一日目以降支配人は一切姿を現していない。殺されたのは一日目だ」

「それはおかしいですわよ！　そんなのホテルのスタッフが誰も気付かないは……ず……」

　迷子（めいこ）はこの場の『全員』を見る。

　全員の中にはシェフやホテルスタッフたちも含まれている。

「殺したのは貴方（あなた）がた……？」

　正確には髭（ひげ）もじゃのシェフ一人とスタッフの若い男三人。確かに存在していたが、迷子（めいこ）の目には登場人物（ネームドキャラ）とは映っていなかった。いわば見えざる犯人……。

「何らかの理由で支配人を殺し、それを遺産争いに巻き込まれた焼死体に偽装した……？」

「わ、吾輩は何も知りませんぞ！　ただ料理を作っていただけですぞ！」

真っ先に否定したのは髭もじゃのシェフだ。

「んーと、シェフの立場なら支配人とのやり取りはあるんじゃないの？　丸二日間も一言も話さないなんてことある？」

赤音がその目を真っすぐに見据えて問いかける。

「二日目からはメールで指示を受け取っておりましたぞ……。まさか死んでいたなんて。吾輩はただ美味しい料理を皆様に……」

「ふんふん。まぁシェフのおじさんは動機も手段もないからねー。料理も美味しかったから違うと思いまーす」

「自分たちも違います！　メールで指示を受けていたのは同じです！」

スタッフリーダーと思ぼしき男が容疑を否定する。

「うーん君たちもそっかぁ」

死体の指でスマホの指紋認証を突破すれば犯人はメールを偽装できる。

どちらかが嘘をついているのだろうか。

「ところでさ、支配人ってパワハラでここに左遷されちゃったんだってね」

暴力事件になりかけたほどのパワハラ。本社から飛ばされたところで、その気質が改善するだろうか。むしろ監視の目が届かなくなったことでエスカレートするのでは。

「そういえば一日目の夕食のときも理不尽に怒鳴られてたよね。言われて持ってきたワインを自分のミスにされたりして」

上の者にはへつらい、部下には横暴に振る舞う大田原支配人のパワハラ気質。

「あと最初にここに来たときロビーでも支配人さんはインカムに怒ってたっけ、ああいうのってよくあるの？」

「そんな、なかったとは言えませんが、だからって自分たちが疑われるんですか⁉」

「そもそもさー、天気が荒れるから車を移動させようかって言ってきたの君たちだよね？」

――失礼します。支配人からお車を屋根のあるところへ移動させましょうかと……。

そんな言伝(ことづて)を持ってきたのはスタッフだった。

「支配人はもう死んでいるのに、皆から車のキーを預かって誰に渡したの？」

「支配人です！　支配人が死んでいたというのがそもそも間違いです。自分たちは会っていました！」

後ろの二人のスタッフも頷(うなず)く。

「ふむ。俺はてっきりスタッフの一人が俺たちの動向を見張り、残りの二人で封鎖されていたホテルの客室あたりに保管してあった支配人の死体を運びだし、車に乗せて着火したと思ったのだが」

「そんなことはしていませんよ！　なあ？」

「俺たちは一切駐車場にでていない！」「支配人一人で車に向かったのを見た！」

スタッフたちは口々に否定する。

「本当か？　嘘じゃないのか？」

「いい加減にしてくださいよ。こっちだってアンタらに巻き込まれて迷惑してるんだ！」

「全部言い掛かりだ。証拠はあるのか！」

「ああ、証拠はある」

「そうだ！　証拠は……え？」

青士の一言にスタッフたちの勢いが萎む。

「タブレットの方が見やすいか。これだ」

そうして青士は一枚の画像を見せた。

§

スタッフリーダーの独白

自分、いや、オレはあの夜のことを思い出していた。

いつか殺してやる。

「この愚図共がッ！　この私に創業者一族の前で恥をかかせて！」

この大柄で喚くだけのでくの坊をいつか殺してやる。

「こんな田舎で高給で雇ってやっているんだ！　言われたことぐらいちゃんとやれ！」

確かにこんな田舎に仕事はない。いい歳してブラブラしていたオレたち三人組は、割りの良いこのバイトの募集に食いついた。

だが上司は最悪だ。口は悪いし間違いをこっちに擦り付ける。オレは仕返しをキッチリしないと気が済まないタチだ。

「田舎育ちにはわからんか？　親はどんな顔をしているんだ？」

相変わらず説教もイヤミったらしい。テメェの親こそどんな顔だ。

この説教に意味はない。ただのコイツのストレス解消だ。

そんなとき、「ピコン」というスマートフォンの音がした。

仲間の一人がポケットの中で音声を取っていたようだ。仲間は以前、クソバイトに当たった時の動画がSNSでバズってからこういう時は録音するのが癖になっていた。

誤って何か画面に触れたのか、音が鳴ってしまったのだ。

「あ？　なんだ今の音は!?」

「あーいや。そういうのってパワハラっていうのになるんじゃないっスかね。とか、へへ」

仲間はスマートフォンを取り出し冗談めかしたように笑う。

「ああああああああああああああっ！」

なにが支配人の逆鱗に触れたのか。奴は仲間の首を絞めに掛かった。

それでオレはプッツンきた。仲間から引きはがし、床に倒す。

ついカッとなって仲間と共に支配人を滅多蹴りにした。仲間の首を絞めた相手への正当防衛にかこつけて、日ごろの鬱憤を思いっきりつま先に乗せて頭を蹴り飛ばした。

やり過ぎかとも思ったけど関係ない。タガが外れたように蹴りまくった。

……気づけば、支配人は動かなくなっていた。

「おいこれ……」

「やべぇんじゃねえか？」

仲間の二人がうろたえる。

こんなことでムショにぶち込まれるのか？

「……大丈夫だ。ここは山ん中だぜ？　遭難でもなんでも誤魔化せる」

何かを考えなければ。死亡を偽装できるそれらしい理由。

「今は適当な客室にでもぶち込んどけ。チャンスを待つんだ。この死体を始末できるチャンスを……」

そしてこの三日目。チャンスが来た。豪雨の予報だ。車の移動を思いついた。

これまで金持ち連中はラウンジでずっと揉めていた。遺産がどうとかで相当こじれているらしい。羨ましい話だがこれは利用できる。車に死体をぶち込んで燃やしてあいつらの内輪揉めに巻き込まれたことにすればいい。

そういえば青コートの男がカメラを仕掛けたいとか言って回っていたな。ドローンを飛ばそうとしていたのは阻止したが、他にもカメラがあるかもしれない……気を付けないとな。慎重に念入りにだ。車のドライブレコーダーにも映らない様に大回りに。上を通る飛行機すら警戒した。カメラはない。

証拠はない。全て入念に調べた。

証拠などあり得ない。絶対に。

「タブレットの方が見やすいか。これだ」

青コートの男がタブレットの写真を見せる。

駐車場を斜め上から見た写真。

そこには、支配人の死体を運んでいる仲間とオレの姿が映っていた。

§

青士はタブレットを指差す。

「運んでいるな」

「嘘だ……」

「『一切駐車場にでていない』『支配人一人で車に向かった』どちらも嘘ということになるな」

「嘘だ嘘だ嘘だ嘘だッ！　何かの加工だろ⁉　ドローンはなかった！　ヘリも飛行機も！　カメラを置く場所なんてねぇ！　どこからも撮影なんて出来ないはずだ！」

「そうだな。加えて周囲の山はダムの管理区域で立ち入れない。建物へのカメラの設置は不許可。ドローンも飛行禁止。合法的に証拠写真を撮るのは難しい」

「ならどうやって⁉」

「山からだ」

「あァ？　今自分で立ち入れねぇって言ったじゃねぇか！」

「──俺の山からだ」

「…………あ？」

スタッフリーダーの男だけではない。その場の全員が困惑する。

俺の山とは？

「確かにこのダム湖に隣接する近くの山々はダムの管理区域だ。だがそこよりさらに遠くに見える山はただの私有地だ。私有地ならば山は買える」

——全ての山は誰かの所有物である。

ならば所有者から買えるのも道理。

日本の山の七割は個人が所有している。一時期キャンプブームで自分の山を買うのが流行（はや）ったように、山の売買は簡単にできる。

「だから買った。このホテルまで視線が通る山をな」

「な……だからって、そんな……」

「俺は事前に建物外観や周辺道路、そしてこの駐車場を収めるように望遠カメラを複数仕掛けていた。ああもちろん山奥から常にデータを送信できるように衛星通信（スターリンク）装置も一緒にな。あとは長時間稼働（かどう）させるための発電機もか。まあ自分の山だ。何を置こうが自分の勝手だろう？」

「結局準備がギリギリになってホテルに着くの最後になっちゃったよねー」

先回りを信条とする青士（あおし）たちが迷子（めいこ）に遅れてホテルに到着した理由だ。

「心配だったのは雨だな。超望遠で撮るとさすがに雨が邪魔して鮮明に撮れないが、死体が運ばれるのが雨の降る前でよかった」

淡々と説明する青士（あおし）にスタッフリーダーの男は体を震わせる。

「なんで……なんでなんでなんで！」

事情を知らない者からしたら当然の疑問。

「なんで山なんて買ってホテルを監視してたんだ⁉」

「なぜって、探偵がいるんだ。事件が起きるかもしれないだろう？」

「たん……じけ……？」

「——探偵あるところに事件ありだ。事件が起きるかもしれない、ならば事前に備えるのは当然だ。実際こうして犯人を挙げることができたわけだしな」

「ばっ……な……ありえ……」

男は膝をつく。

犯人はスタッフ三人組。もはやラウンジの中でそれを疑っているものは誰もいない。

あと数十分で到着する警察も、この証拠を見たら疑うことはしないだろう。

と、男が突如立ち上がる。手には抜身のナイフ。

「く、クソがァ！　こんなことで捕まってたまるかよっ！」

激昂したリーダー格の男はナイフを手に青士に立ちむかう、わけではなくラウンジのドアへ向かって逃げ出した。

「待ってくれよ！」「ああくそっ！」

残る二人のスタッフ仲間もラウンジから逃げて行った。

「……今の時代に警察から逃げ切れると思っていますのかしら」

仮に山の中に逃走したとしても、捕まるのも時間の問題だ。

「というか山を買うお金なんて一体どこから……」

「？　必要経費は依頼主持ちだろう？」

「貴方(あなた)って人は……」

零の依頼内容の本質とは異なるが、事件解決は事件解決だ。

当の零は終始茫然(ぼうぜん)としていたが、ようやくことの成り行きが飲み込めたようだ。

「……つまり今回の事件はあのスタッフたちと支配人の確執によるもので、私を殺そうとしたものではなかった……ということですか？」

「なんで殺されるとか思ってたし。そりゃウチも当たりキツかったトコはあったけど……」

百々華がばつが悪そうに髪をいじる。

「僕も零のことを偏見の目で見ていたようだ。龍一郎さんを思う気持ちは一緒だったんだな」

秋人はメガネをくいっとあげた。

「てか遺産は結局どうすんの？　時間ないのは変わんないっしょ」

「それは……」

秋人が言いよどむ。ここから遺産を取り合ってバチバチにやり合う雰囲気でもない。

だが数十分もすれば警察が来る。事情聴取で時間が取られるだろう。

「……なんだか焦げ臭いですぞ」

そんな時、蚊帳(かや)の外だった髭(ひげ)もじゃシェフがクンと鼻を鳴らす。

突如ラウンジの窓のシャッターが自動で降り始めた。

「赤音」

「うん！」

赤音がラウンジのドアに駆け寄り手を掛ける。

「開かない！　何か嚙ませてある！」

このラウンジはホテルの角にある。出入り口はその外開きのドアだけだ。

「と、閉じ込められましたの⁉」

次第に強くなる焦げ臭さ。否、煙の匂い。

「これ、もしかして燃えてるっぽい？」

「なるほど。ホテルごと燃やして口封じというわけか」

火事で全てを燃やしてうやむやにする。杜撰な計画だ。

「冷静に言ってる場合ですの⁉」

煙がドアの隙間からラウンジに流れ込んでくる。想像以上に火の手が早い。

「窓ガラスを割るんだ！」

秋人が椅子を持ち上げ窓に叩きつける。強化ガラスだ。すぐには割れない。

仮にガラスが割れてもシャッターが閉まっている。

「てか口封じとか！　絶対動画撮って拡散してやるし！」

だがスタッフたちの犯行を外に伝えたところでこのままでは死ぬことには変わりない。

脱出をすべくドアを破ろうとするが、無駄に立派なドアはびくともしない。

「とにかくこちらに向かっている警察に連絡しますわよ。って圏外⁉　ネットは……切断されてる⁉」

迷子(めいこ)は部屋に置いてある固定電話も確認するが通じない。電話線ごと焼け落ちたかあのスタッフらに切断されたか。

「救助の連絡は既に済んでいる」

青士(あおし)は無線機のような携帯電話を片手に持っていた。

「えっ携帯通じましたの⁉」

「衛星携帯電話だ。俺に圏外はないからな」

どんな山奥でも圏外知らずの衛星電話。青士(あおし)の備えの一つだ。

「だが救助が来る前に死ぬぞ！」

秋人の正論だ。警察の到着まではまだまだ時間が掛かる。

「姿勢を低くしろ。ドアの隙間に布を挟め。煙の流入を遅らせられる」

火事の死因は火そのものより煙を吸い込むことによる一酸化炭素中毒だ。

青士(あおし)の指示でラウンジにあったテーブルクロスなどを隙間に挟む。

確かに煙の流入は減ったが、それでも入ってくることには変わりはない。何より建物全体が燃え始めているのだ。

「救助なんて待ってられませんわよ」

「いや、もうすぐだ。窓から離れて伏せていろ」

「はいぃぃ？」

「青士の言う通り、皆こっちこっち！」

次の瞬間、衝撃と共にシャッターが窓枠ごとぶち破られた。

「なっ……！」

破壊音、崩れる瓦礫、砂ぼこり。

衝撃の正体は黒い車。大型ＳＵＶが突っ込んできたのだ。

車から人が降りる。

「おー痛てぇ。たく、無茶させやがって」

「エンジンがおしゃかじゃねーか。ベンツのＧクラスよこれ？」

唯一ラウンジに居なかった人間。一柳虎次だった。

「虎次叔父様！」

「おう、無事か？　じゃあさっさと逃げるぜ」

ぶち破った穴から全員外へ出る。

大雨が降っているというのに、火の手はホテル全体に回っていた。

「あーあーもったいねぇ」

　避難したホテル裏の広場でその様子を見る。

　離れていても炎の熱気が顔に伝わってくる。

「助かりましたわ……。救助ってこのことでしたのね」

　青士が連絡したのは虎次のコテージだったのだ。多少の無茶ではあったが、龍一郎の忘れ形見である零のためならばと虎次は快諾したのだった。

「虎次叔父様……なんで……」

「あん？　姪っ子がピンチなら助けるだろうが。二人だけの一柳家じゃねぇか」

　零の疑問に虎次は当然のように答える。後半は初日のレストランで言われた言葉と同じだった。

「紛らわしい人っているよねー」

「ふむ、コミュニケーションの欠如の結果だな」

「青士がそれ言う？」

　そんな光景に青士と赤音が感想を言っていると、百々華が震えながら自分の二の腕をさする。

「……てゆうか屋根のあるとこ行きたくない？」

　外は依然として大雨だ。熱かったり寒かったりと忙しいが、いつまでも雨ざらしのままでいるわけにもいかないだろう。

「とりまコテージに――」

コテージに向かおうとしたとき、

「おっと、やっぱり逃げてやがった」「アイツの言った通りだな」

大雨の中、二人の男が立ちはだかった。

「うっわこいつらマジ⁉」

先ほど逃げたスタッフの仲間二人だ。

長い柄に包丁を付けた即席槍を手にしている。

男らは逃げてはおらず、確実に全員の息の根を止めるために張っていたのだ。

「……一人足りないようだが？」

リーダー格の男の姿が見当たらない。

「死んでなかったら殺してでも火にくべろってな」

「こんなひょろい奴ら俺たちだけで十分だ」

槍を構えて近づく男たち。その目は狂気に歪んでいる。極度のストレスとそれを解消するための後先考えない行動。禁忌誘発体質の末期症状だ。

「こ、殺すつもりですの……？」

「おうおう。さっきから聞いてりゃよ、元気がいいじゃねぇか」

迷子が手に持っていたステッキを、虎次がおもむろに奪い取って前にでる。

そして剣道のようにステッキを構えた。

「ハッ、そんなんで！」「リーチが違うんだよリーチが！」

二人が即席槍を構える。剣道三倍段という言葉があるように、剣で槍に勝つには三倍の技量が必要だという。こんなステッキでは槍のリーチには到底かなわない。

「俺ァ剣道八段だ……。おめぇらが薙刀三段以上でも持ってるってのか⁉　あァん⁉」

そう啖呵を切る虎次。その威勢に釣られてか、

「僕も昔は荒れてた方でね。刃物相手の抗争は久しぶりだ……！」

秋人はスーツを脱いで腕に巻き付けた。

「ほら、零は後ろにいなって」

百々華が零を下がらせる。

「ねえ青士。なんか皆急にやる気になってるんだけどこれって……」

「体質に当てられたのかもな」

体質が引き起こすのは必ずしも悪事ではない。やってはいけないけどやりたいこと。つまり刃物相手に無謀にも立ちはだかるという英雄的行為もその一つだ。

と、その時。

「全員伏せろッ！」

青士の一声と同時に銃声が鳴った。

「なになにっ⁉」

赤音が頭を抱えながら周りを見る。

「んだぁ？」

虎次の睨みつける先、そこにはリーダー格の男が跳ね上がった何かを持っていた。

「くそがっ、外したか！」

その銃口は上を向いていた。焦ったのか慣れていないのか、遙か上を撃ってしまったようだ。

だがそれもすぐに構えなおす。

「さささ散弾銃ですの⁉」

リーダー格の男はこの散弾銃を取りに行っていたようだ。

上下二連式散弾銃。その名の通り二連発できる銃だ。つまりもう一発残っている。

「ふむ、支配人の私物か」

支配人は猟銃を持っていると言っていたが、それが犯人たちの手に渡ってしまっていたらしい。

「俺たちを殺したところで余計に罪を重ねるだけだが？」

「ごちゃごちゃうるせぇんだよ。全員殺せば問題ないんだよ！」

体質に当てられた末期症状か、まともな思考回路ではないようだ。

「滅茶苦茶ですわ……！」

その狂気の銃口が構えられる。

「っ」

さすがに散弾銃相手では虎次も秋人も立ち向かえない。

そんな散弾銃に向かって青士は歩を進める。

「青士！」

赤音の声に青士は平然と答える。

「ルールの一つだ」

それは青士たちが体質と付き合う上で決めたルール。

冤罪を作らない。法律を犯さない。そして最後に……。

「……事件に無関係な者を死なせない。それがこの体質の責務だ」

人を殺す奴はいずれ人を殺す。殺される奴も殺される理由がある。以前に青士はそのようなことを嘯いて事件が起きることへの責任を転嫁した。

今回の事件は支配人とスタッフの不和の結果。ならばそれ以外の者が傷ついたり死んだりするのは青士の責任である。

「だったら私が！」

「兄は妹を守る。常識だろう？」

「――っ」

「大丈夫だ、これでいい」

そう続けられた言葉に赤音は開きかけた口を結び身を引いた。

「ったくごちゃごちゃと英雄気取りか？　かっこいいなぁオイ！」

男の散弾銃が青士に向けられる。

「残弾は残り一発。それを消費すれば優位はなくなるぞ」

「お前を殺した後で考えれば解決だァ」

「最早まともではないか。せいぜい指が震えて外さないでくれよ？　後ろに当たったんじゃ格好がつかない」

青士は両腕で顔をガードする。

「――さぁ、撃てよ犯人。お前を暴いた探偵は目の前だ」

「――ど真ん中ぶち抜いてやるよ!!」

雨音を切り裂いて響く銃声。

果たして、銃弾はその場に一滴の血も流さなかった。

「なァ……外し、た……？」

「…………いや、さすがに汎用口径のショットシェルは骨に響くな」

青士の体からいくつかこぼれ落ちるＢＢ弾ほどの大きさの鉛玉。

「はぁ……？　本物の散弾銃だぞ？」

「ああ、一発目の銃声でわかっていた。音からして破壊力のあるスラグ弾(一粒弾)ではなく鹿撃ち用の散弾だった。散弾なら問題ない」

「問題ないだと……？」

十個前後の鉛球が散らばる散弾はやわらかい人体に対して極めて有効であり、むしろ問題でしかない。

青士(あおし)は着ていた青いコートの襟を正す。

「――ケブラー繊維の防弾コートだ。要所にはセラミックプレートも入っている」

それは軍隊でも使われる防弾繊維と防弾プレートだ。

「うまくど真ん中のプレートを撃ってくれてありがとう」

「ぁ、あぁ……？　なんで、そんなモン……」

そんなもの、日常的に着る服ではない。

「探偵なんだ。こんなこともあろうかと着ているのは当然だろう？　ああ、プレートは重いから普段は入れていないさ。ただこのホテルには猟銃があると初日に聞いていたのでな、念のためだ」

「あ、あ、あぁぁぁぁぁぁあああ⁉」

男には理解不能だった。常日頃から散弾銃に撃たれることなど想定しない。そんな事件に巻き込まれるかもなんて、普通の人間は考えない。

「お、俺を守れェ！」

男は散弾銃を装塡しようとする。

仲間は槍を構えてそれを守る。

「ねえ青士、あいつ青士を撃ったよね？　もういいよね？」

赤音が瞳孔の開いたままその槍衾へと向かおうとする。

「まて赤音」

青士は赤音の手を引いて止める。それどころかそのまま後ずさる。

距離を詰めるチャンスのはずだ。

次も上手く防げる保証はない。

「クソがクソがクソが」

男は怒りの形相で弾を込め直す。だが強い風雨で手は滑り、焦りと震えで上手くいかない。

それがさらに怒りを増す。

怒髪天を衝く。という言葉があるように、男の髪の毛が天へ向けて逆立つ。

仲間の二人の髪の毛もだ。不自然に逆立つ。

「いえ、あれは、まさかですの……？」

迷子がいち早くその『自然現象』の兆候に気付く。

「ふむ。つくづく難儀な体質だな。やってはいけないことをやってしまう、か」

「しゃあっ！　今度こそ殺してやるぜェ！」

弾を込め終わったのか、男は散弾銃を天高く掲げて雄たけびを上げる。

「こんな嵐の中でそんな長物を振り回す」

髪の毛の逆立ちは帯電状態の表れ。そんな状況で絶対にやってはいけないこと。

銃や槍を掲げる男たち。

「死ねェエエエエ！」

白い閃光。銃声とは比べ物にならない轟音。

「アンタら、そいつは禁忌だぜ」

男たちに雷が落ちた。

エピローグ　雨上がりの後

「んー！　やっと終わった！　ってもう夕方近いじゃん」

赤音が伸びをしてコテージから出てくる。

「今回は事件の規模がデカかったからな。これでも短縮された方だ」

あの後警察が到着し、一同は事情聴取と現場検証に付き合わされた。

犯人たちは意識不明の重症だが一命は取り留めたらしい。

こちら側の言い分がすんなり通ったのは、百々華が一部始終を動画に撮っていたからだ。

「まー一件落着？　支配人さんが殺されちゃってたのは申し訳ないけど」

「人を殺す奴はいずれ人を殺すし、殺される奴も殺される理由がある。そう割り切っただろう」

「そうだけどー。あ、撃たれたところ本当に大丈夫なの？　やっぱり病院行く？」

「青アザが出来たが問題ない。病院に行っても湿布薬を処方されるだけだ」

「本当？　次ああいう危ないことやったら本気で怒るからね？」

「怒るだけなら構わないな」

「もー！」

青士と赤音は階段を下りて湖の浜辺にでる。

浜辺には先に事情聴取が終わったのか、虎次に秋人と百々華、そして零がいた。

青士たちの姿を認めた零が近づいてくる。

「零ちゃーん！」

「そっちの問題も解決したようだな」

零を見る秋人と百々華の目は、以然のような険のあるものではなくなっていた。

「はい。細かい話は帰ってからですが、一先ずの話はつきました」

警察が来る前の少しの間、零が遺産を引き継ぐことに全員が同意した。あそこからまた遺産を巡ってやり合う雰囲気でもなく、なにより秋人が零を支持すると言い出したのが決め手だった。

「遺産は全額私が引き継ぎ、その管理や運用はアドバイザーという形で秋人兄さまに。また百々華お姉さまの家の会社への融資もその一環で行う予定です」

全員の希望が叶う形で丸く収まった。それを阻害していたのは互いに抱いていた疑心暗鬼だったが、事件解決の過程でそのわだかまりも解消されたようだった。

もうこの少女は孤独ではないだろう。

「それで報酬の件だが」

そんな感傷に浸る間もなく青士は金の話をする。

「報酬？　なんの話ですか？」

「依頼の報酬だ。無事に遺産を継げたんだろう？」

今回のそもそもの目的だ。零が遺産を全額引き継いだのなら報酬も問題なく支払えるはずだ。

「ああ、依頼。そうですね。大事なことですもんね」

零はわざとらしく頷く。

「依頼内容は『私自身が被害者となった殺人未遂事件を解決する』でしたよね。ですが今回私は被害者じゃないですよね？　事件とは無関係だったわけですし」

「……」

零が狙われる動機はなかった。事件はあくまでも支配人とスタッフとの不和によるもの。零が今回の事件と関係がないことは、皮肉にも青士が体を張って証明している。

「つまり依頼は未達成。当然報酬はありませんねー？」

零は無邪気に笑った。

「あ、必要経費はお支払いしますよ？　それだけでも随分使い込んだと思いますが」

機材はもちろん、山の購入費用などに掛かった経費は保障してくれるという。

「……ふむ、まぁいいだろう。山はそっちで処分してくれ。使い道のない山を持っていても固定資産税が取られるだけだからな」

結局青士に残る報酬はない。

「でも青士もこうなるってわかってたんでしょ?」

「さあな」

真犯人を暴くことで報酬が貰えなくなる。頭の回る青士ならばわかっていただろうが、暴かないという選択肢はなかった。ただそれだけのことだ。

「その代わりに二宮秋人からある程度は貰えるからな。元の報酬の額に比べれば微々たるものだが」

真犯人を暴く際、ちゃっかり値段交渉をしていた分だ。

「くすっ、抜け目がないですね」

零は苦笑したあと姿勢を正す。

「とはいえ、今回の件はお世話になりました。一柳家当主として感謝を申し上げます」

零は深々とお辞儀をして、「それでは」と親族の輪へ戻っていった。

「おう零。俺の車の請求はどこに出しゃいいんだ」

「叔父様。それはご自身の保険会社に問い合わせてみては?」

「かぁー自腹かよ。冷たい姪だなぁオイ」

「虎次さん。ここのリゾート事業はどうするんですか?」

「てかこんなことが起きた場所とか来たくなくなぁい?」

「あ？　まぁ会社のやつがどうにかするだろ。俺ァ知らん。暇つぶしで来ただけだしな」

「あの、叔父様がこの場所にきたのって遺産関係では……？」

「おう。面白そうなことやってんなって見に来ただけだ。まあすぐに飽きて釣りしてたがな」

「……こういう人なんだ。責任感も経営センスもないから虎次さんにだけは任せられない」

「なんか言ったか？　そうだ秋人、帰りオメーの車乗せろ。てか運転させろ」

「絶対嫌ですよ」

「くすくす」


一族に囲まれて笑う少女。そんな和気藹々とした雰囲気を、青士と赤音は遠い目で見る。そんな輪は青士たちにはもうないのだから。

これで事件はおしまい。外様の探偵は去るのみ。明日からまた流浪の旅だ。

青士が浜辺に目を移すと、ゴシックドレスにトレンチコートの珍妙な探偵を見つける。

八雲迷子は青士と赤音を手招きした。

§

「今回は完敗ですわ。状況に舞い上がって目が曇り、真実を見落としておりました。探偵として本当に恥ずべきことですわ」

二人は迷子に続き湖の浜辺を歩く。いつかの海浜公園と似ていた。

「体質のこともあるからしょうがないよ。迷子ちゃんだっていつもと様子が違ったでしょ？」

はじめは零の安全を第一に考えていた迷子だが、次第に自分の活躍のために事件が起きてほしいと考え、迂闊な行動をとってしまった。それは体質のせいだと赤音は指摘する。

「いいえ、そのような動機を持っていたこと自体が恥ずべきこと。猛省しておりますわ」

「真面目だなー。結局支配人さん殺しとは関係なかったんだし良いと思うけど」

「ああ、頓珍漢な推理も犯人を追いつめる良い呼び水になった」

「ね！　謎はすでに探偵に解かれたのですから……ってかっこよかったよ！」

「ぐっ……舞い上がっていたとはいえ恥ずかしすぎますわ……」

迷子は顔を真っ赤にして唇を噛む。

そんな迷子を見て、青士は静かに息を吐いた。

「安心しろ。もう俺たちが迷子に関わることもない」

零の顧問探偵である迷子との縁もこれで終わりだ。もう会うこともないだろう。

何より迷子自身が青士たちの体質の厄介さを経験した。向こうも関わりたくはないはずだ。

そんな迷子は静かに首を振る。

「別に嫌気が差したわけではありませんわ。今回の件も貴重な経験でしたし」

「ミステリーマニアも大概にした方がいいぞ」

「そうではなく。敗者のわたくしが言うのも滑稽かもしれませんが、お二人は立派な探偵です。この八雲迷子が改めて認めますわ！」

「今更認められたところで事件は終わったがな」

「仕事だとか、体質のことだとか、そういうのは関係なく認めると言っているのですわ」

「どゆことー？　迷子ちゃんの言ってることがわからないなあー」

赤音がにやにやしながら先を促す。

迷子は恥ずかしさを誤魔化すように指を向ける。

「だから、その、お二人はわたくしの永遠のライバルですわ！　今回は負けましたが次は負けませんわよ！」

「？　別に探偵業は勝負事ではないが」

「ああもうっ！　赤音さんはわかっているんでしょう⁉」

「迷子ちゃんはこれからもよろしくねって言ってるんだよ。同じ探偵仲間として」

「これから……業務提携の話か？　ならば取り分を示した契約書を用意してもらおう」

「貴方も絶対わかってますでしょう⁉　もういいですわよ！」

迷子はまた顔を真っ赤にして後ろを向く。

「ふむ……」

青士(あおし)はそんな迷子(めいこ)に目を向ける。

この体質になってから人との繋(つな)がりなんて失うばかりだった。

体質によって事件が起き、近くにいる人を不幸にする。ルールを決めて割り切ったと言ってもその事実は変わらない。だからこその流浪(るろう)の旅だ。

元より人との繋(つな)がりなどいらない。

事件を解決して金を貯(た)めて誰とも関わらず静かに暮らそう。ひっそりと、誰にも迷惑を掛けずに。そのゴールは変わらないはずだが……。

「……違う道もあるいは、か」

「青士(あおし)がいいならいいと思うよ」

いつかこの体質をなくす。そんなあるかもわからない道を求めてもいいのかもしれない。

「お二人だけで何を納得してますの？」

迷子(めいこ)は振り返りじろりと視線を寄越す。

「いや、次に行く場所をどうしようかとな」

「お腹(なか)空いたよねー。まずは夕ご飯食べたいかも」

探偵あるところに事件あり。一つところに留まれない探偵は今日も旅をする。

「全くこのお二人は……。ってわたくし帰りの足どうしましょう……。零さんたちの車は定員オーバーですし……タクシー？　最悪警察に……」

ここは何もない山奥だ。愛車が燃えた迷子(めいこ)は途方に暮れる。

「はあ……途中まで乗っていくか？」

「えっ、いいんですの⁉」

「迷子(めいこ)ちゃんなら大歓迎だよ！」

「ああ。いくら払える？」

「金取るんですかい！」

じきに日も暮れる。

雨上がりの青空に、赤い夕焼けが混ざり合い、空に紫色の帳(とばり)を下ろしていた。

了

あとがき

※作中に出てくる薬の取り扱いや法律については現実のものと異なる場合があります。特に無資格の医療行為は絶対におやめください。

と、あとがきに書けば多少の齟齬を許されると思っているひたきです。

高速道路に乗って適当なインターで降りて、知らない土地を自由にドライブする。その行先でミステリーな事件に巻き込まれ解決していく放浪探偵。昔そんなプロットを漠然と考えていたことがあります。

しかし毎回そこではたと思います。なんでこの主人公は毎回事件に巻き込まれるんだろうと。小説でも漫画でもミステリー物の探偵が都合よく事件に遭遇するのはお約束であり突っ込むのは野暮なものです。コ〇ン君の町は年間何百件と殺人事件が起きています。

なので読む時は特に気にしていないのですが、いざ自分が書くとなるとどうしてもモヤモヤしたものが残りました。わがままですね。

探偵がいると事件が起きるというのはミステリーのお約束。じゃあいっそ本当に探偵のせいで事件が起きた事にすればいいのでは？

この双子探偵の物語はそういったところから出発しました。

謎解きの構造としては簡単な閃きでわかるトリックと、その証拠確保のためにどう先回りしていたかの二段構えとなっております。しかし謎解きなど考えず青士と赤音の活躍（と迷子のわちゃわちゃ感）を楽しんでもらえたら一番の喜びです。


ここからキャラのお話（言語指数低め）。

青士は「マジかコイツ」と思われる行動をして常識を疑われるけれど他人には常識を説いてくるやべー奴で、赤音は享楽的に見えて常識的な一面もあるけどやっぱりコイツもやべぇんじゃないか？　という人間で二人ともやべー奴です。

そういった点では格好に似合わず一番常識がありそうな迷子に助けられました。実は八雲迷子は企画段階では存在しておらず、担当の村上さんと打ち合わせをする中で生まれました。そこに桑島黎音先生の神デザイン（最高か）が付いて双子探偵に欠かせないキャラとなりました。

お二人とも誠にありがとうございました（流れるような謝辞）。


最後に、もう少しこの物語に付き合ってもいいよという方にあとがきの後におまけページを用意しました。よろしければ一読いただけると幸いです。

末筆となりましたが本書を手に取って頂き本当にありがとうございました。

ひたき

ガールズトーク

夜の高速道路のサービスエリア。八雲迷子はベンチで双子を待っていた。

やがて戻ってきた赤音は両手にソフトクリームを持ち満面の笑みだ。

「お待たせー！　迷子ちゃんはソフトクリーム食べなくてよかったの？」

「ええ。というか一人で二つ食べる気ですの？」

「バニラとストロベリーどっちの味がいいか悩んだから両方！」

「普通はそこでミックスにしますが……。青士さんはまだですの？」

「コーヒー買いにいってるよ。あのルンバの音楽がなる自販機の」

「陽気な音楽の前で一人待っている青士さんを見てみたかったですわね」

「確かにー！」

赤音はひとしきり笑ったあと、急に神妙になった。

「……私たちと仲良くなってくれてありがとうね。迷子ちゃん」

「どうしましたの急に畏まって」

「ほら私たちって家族どころか友達もいないから」

「境遇は理解しますが……。でも意外ですわね。青士さんはともかく、赤音さんは他人を必要としないと思っていましたが」

「えー青士じゃなくて？」

「あの方は冷徹ぶっていますけど、年相応なところもあるのは今回の件でわかりましたわ」

「でも赤音ちゃんは冷たいって？　かなしー」

「そうではなく、青士さんだけいればそれでいいみたいな……」

「確かにね。むしろずっとこのままでいいかも？　二人の愛の逃避行みたいで面白いしねっ」

「はあ。薄々思っていたのですがその、青士さんとの距離感と言いますか。あえて詳しくは言いませんが、貴女こそ体質に当てられているんじゃありませんの？　お互いに体質が影響しないなんて保障もないでしょうに」

「んー、それはないかなー。この体質なのは私だけだし」

「……はい？」

「青士は普通だから、赤音ちゃんが影響を受けることはありませーん」

「で、ですが青士さんはずっと『俺たちの体質』と言って……」

「そう言ってくれるの嬉しいよね」

「……」

「嬉しいけど、幸せだけど、ずっとこのままでいたいけど、だからこそ良くないかなって思うんだよね」

赤音は遠くを見る。この先の、ずっと遠くを。

「いつか青士に私が必要ない程の繋がりができたら、そのときは……なんてねっ。アンニュイな一面を演出してみました！」

「赤音さん、貴女は……」

迷子がその先を続ける前に、青士がコーヒー片手に戻ってくるのが見えた。

さっきのは冗談冗談うそうそ、と言って赤音は悪戯に笑った。

◉ひたき著作リスト

「ミミクリー・ガールズ」（電撃文庫）
「ミミクリー・ガールズⅡ」（同）
「双子探偵ムツキの先廻り」（同）

本書に対するご意見、ご感想をお寄せください。

ファンレターあて先
〒102-8177　東京都千代田区富士見2-13-3
電撃文庫編集部
「ひたき先生」係
「桑島黎音先生」係

読者アンケートにご協力ください!!

アンケートにご回答いただいた方の中から毎月抽選で10名様に「図書カードネットギフト1000円分」をプレゼント!!

二次元コードまたはURLよりアクセスし、
本書専用のパスワードを入力してご回答ください。

https://kdq.jp/dbn/　パスワード　25jzc

●当選者の発表は賞品の発送をもって代えさせていただきます。
●アンケートプレゼントにご応募いただける期間は、対象商品の初版発行日より12ヶ月間です。
●アンケートプレゼントは、都合により予告なく中止または内容が変更されることがあります。
●サイトにアクセスする際や、登録・メール送信時にかかる通信費はお客様のご負担になります。
●一部対応していない機種があります。
●中学生以下の方は、保護者の方の了承を得てから回答してください。

本書は書き下ろしです。

この物語はフィクションです。実在の人物・団体等とは一切関係ありません。

電撃文庫

双子探偵(ふたごたんてい)ムツキの先廻(さきまわ)り

ひたき

2023年12月10日　初版発行

発行者　山下直久
発行　株式会社KADOKAWA
〒102-8177　東京都千代田区富士見2-13-3
0570-002-301（ナビダイヤル）
装丁者　荻窪裕司（META＋MANIERA）
印刷　株式会社暁印刷
製本　株式会社暁印刷
※本書の無断複製（コピー、スキャン、デジタル化等）並びに無断複製物の譲渡および配信は、著作権法上での例外を除き禁じられています。また、本書を代行業者等の第三者に依頼して複製する行為は、たとえ個人や家庭内での利用であっても一切認められておりません。
●お問い合わせ
https://www.kadokawa.co.jp/（「お問い合わせ」へお進みください）
※内容によっては、お答えできない場合があります。
※サポートは日本国内のみとさせていただきます。
※ Japanese text only
※定価はカバーに表示してあります。
©Hitaki 2023
ISBN978-4-04-915120-6　C0193　Printed in Japan

電撃文庫　https://dengekibunko.jp/

電撃文庫DIGEST　12月の新刊

発売日2023年12月8日

続・魔法科高校の劣等生 **メイジアン・カンパニー⑦** 著／佐島 勤　イラスト／石田可奈	シャンバラ探索から帰国した達也達。USNAに眠る大量破壊魔法[天罰業火]を封印するため、再度旅立とうとする達也に対し四葉真夜は出国を許可しない。その裏には、四葉家の裏のスポンサー東道青波の思惑が――。
創約　とある魔術の禁書目録(インデックス)⑨ 著／鎌池和馬　イラスト／はいむらきよたか	魔神も超絶者も超能力者も魔術師も。全てを超える存在、CRC（クリスチャン＝ローゼンクロイツ）。その『退屈しのぎ』の恐るべき前進は、誰にも止められない。唯一、上条当麻を除いて――！
ソードアート・オンライン オルタナティブ ミステリ・ラビリンス 迷宮館の殺人 著／紺野天龍　イラスト／遠田志帆　原作／川原 礫　原作イラスト／abec	かつてログアウト不可となっていたＶＲＭＭＯ《ソードアート・オンライン》の中で人知れず遂行された連続殺人。その記録を偶然知った自称探偵の少女スピカと助手の俺は、事件があったというダンジョンを訪れるが……
七つの魔剣が支配するXIII 著／宇野朴人　イラスト／ミユキルリア	呪者として目覚めたガイが剣花団を一時的に離れることになり、メンバーに動揺が走る。時を同じくして、研究室選びの時期を迎えたオリバーたち。同級生の間での関係性も、徐々にそして確実に変化していて――
ネトゲの嫁は女の子じゃないと思った？　Lv.23 著／聴猫芝居　イラスト／Hisasi	アコとルシアンの幸せな結婚生活が始まると思った？　……残念！　そのためにはLAサービス終了前にやることがあるよね！　――最高のエンディングを、共に歩んできたアレイキャッツみんなで迎えよう！
声優ラジオのウラオモテ #09 夕陽とやすみは楽しみたい？ 著／二月 公　イラスト／さばみぞれ	成績が落ち、しばらく学生生活に専念することになった由美子。みんなで集まる勉強会に、わいわい楽しい文化祭の準備。でも、同時に声優としての自分がどこか遠くに行ってしまうようで――？
レプリカだって、恋をする。3 著／榛名丼　イラスト／raemz	素直が何を考えているか分からなくて、怖い。そんな思いを抱えながら、季節は冬に向かっていく。素直は修学旅行へ。私はアキくんと富士宮へ行くことになって――。それぞれの視点から描かれる、転機の第３巻。
あした、裸足でこい。4 著／岬 鷺宮　イラスト／Hiten	小惑星を見つけ、自分が未来を拓く姿を証明する。それが二斗の失踪を止める方法だと確信する巡。そのために天体観測イベントの試験に臨むが、なぜか真琴もついてくると言い出して……。
新作 **僕を振った教え子が、1週間ごとにデレてくるラブコメ** 著／田口一　イラスト／ゆがー	僕・若葉野瑛登は高校受験合格の日、塾の後輩・芽吹ひなたに振られたんだ。そんな僕はなぜか今、ひなたの家庭教師になっている――なんで！？　絶対に恋しちゃいけない教え子との、ちょっと不器用なラブコメ開幕！
新作 **どうせ、この夏は終わる** 著／野宮 有　イラスト／ぴねつ	「そういや、これが最後の夏になるかもしれないんだよな」夢も希望も青春も全て無意味になった世界で、それでも僕らは最後の夏を駆け抜ける。　どうせ終わる世界で繰り広げられる、少年少女のひと夏の物語。
新作 **双子探偵ムツキの先廻り** 著／ひたき　イラスト／桑島黎音	探偵あるところに事件あり。華麗なる探偵一族『睦月家』の生き残りである双子は、名探偵の祖父から事件を呼び寄せる体質を受け継いでいた！　でもご安心を、先回りで解決しておきました。
新作 **いつもは真面目な委員長だけどキミの彼女になれるかな？** 著／コイル　イラスト／Nardack	繁華街で助けたギャルの正体は、クラス委員長の吉野さんだった。「優等生って疲れるから、たまに素の自分に戻ってるんだ」　実は明るくてちょっと子供っぽい。互いにだけ素顔を見せあえる、秘密の友達関係が始まる！

レプリカだって、恋をする。
Even a replica falls in love
榛名丼
［イラスト］
raemz
16歳、夏。はじめての、青春。
愛川素直という少女の
身代わりとして働く
分身体（レプリカ）、それが私。
本体のために生きるのが
使命……なのに、
恋をしてしまったんだ。
海沿いの街で
巻き起こる
ちょっぴり不思議な
青春ラブストーリー。
応募総数
4,128作品の
頂点
第29回
電撃小説大賞
大賞
受賞作
電撃文庫

夢の中で「勇者」と称えられた少年少女は、
美しき女神の言うがまま魔物を倒していた。
――その魔物が〝人間〟だとも知らず。

勇者症候群
Hero Syndrome

［著］彩月レイ
［イラスト］りいちゅ
［クリーチャーデザイン］劇団イヌカレー（泥犬）

少年は《勇者》を倒すため、
少女は《勇者》を救うため。
電撃大賞が贈る出会いと再生の物語。

電撃文庫

四季大雅

［イラスト］一色

TAIGA SHIKI

Illust: ISSHIKI

僕が君と別れ、君は僕と出会い、舞台は始まる。

ミリは猫の瞳のなかに住んでいる

MILI LIVES IN THE CAT'S EYES

STORY

猫の瞳を通じて出会った少女・ミリから告げられた未来は、
探偵になって『運命』を変えること。
演劇部で起こる連続殺人、死者からの手紙、
ミリの言葉の真相——そして嘘。
過去と未来と現在が猫の瞳を通じて交錯する！

豪華PVや
コラボ情報は
特設サイトでCheck!!

電撃文庫

クセつよ異種族で行列ができる結婚相談所
〜看板ネコ娘はカワイイだけじゃ務まらない〜
五月雨きょうすけ
ill.猫屋敷ぷしお
見習い秘書係のネコ娘、今日も頑張っています！
第29回電撃小説大賞受賞作
電撃文庫
特設サイトをcheck!!
STORY
訪れるのはワケあり相談者ばかり？
異種族同士の婚活って大変なんです！
ドタバタ婚活ファンタジー、はじまります!!
電撃文庫

「隣にいてよ、今度は」
あした、裸足でこい。
Tomorrow, when spring comes.
岬 鷺宮
Misaki Saginomiya
illustration§Hiten
青春×タイムリープラブストーリー！
卒業式、俺は冴えない高校生活を思い返していた。成績は微妙、夢は諦め、恋人とは自然消滅。しかも彼女は今や国民的ミュージシャン。すっかり別世界の住人になってしまっていた。
だがその日。元カノ・二斗千華は遺書を残して失踪した。
呆然とする俺は……気づけば入学式の日、過去の世界にタイムリープしていた。
この世界でなら、二斗を助けられる？
……いや、それだけじゃ駄目なんだ。今度こそ対等な関係になれるように。彼女と並んでいられるように。俺自身の三年間すら全力で書き換える！
卒業から始まる、青春やり直しラブストーリー。
電撃文庫

夢を諦めクソみたいな大人になっちまった俺の人生。
全ての原因は中学時代のアイツ、初恋の彼女、
安芸宮羽純のせいだ──なんて愚痴っていた俺は、
事故に遭いなぜか中学時代へとタイムリープしていた。
初恋の彼女への
告白を、もう一度──
タイムリープで
あの夏の青春をやり直す───！
青春2周目の俺がやり直す、ぼっちな彼女との陽キャな夏
Story by igarashi yusaku
Art by hanekoto
五十嵐雄策
イラスト
はねこと
当時は冴えないモブ男子だった俺だが、
あっという間に理想の青春をやり直すことに成功！
あとは安芸宮と過ごした『あの夏』の事件の
真相を暴き、変えるだけのはずだったのだが──。
電撃文庫

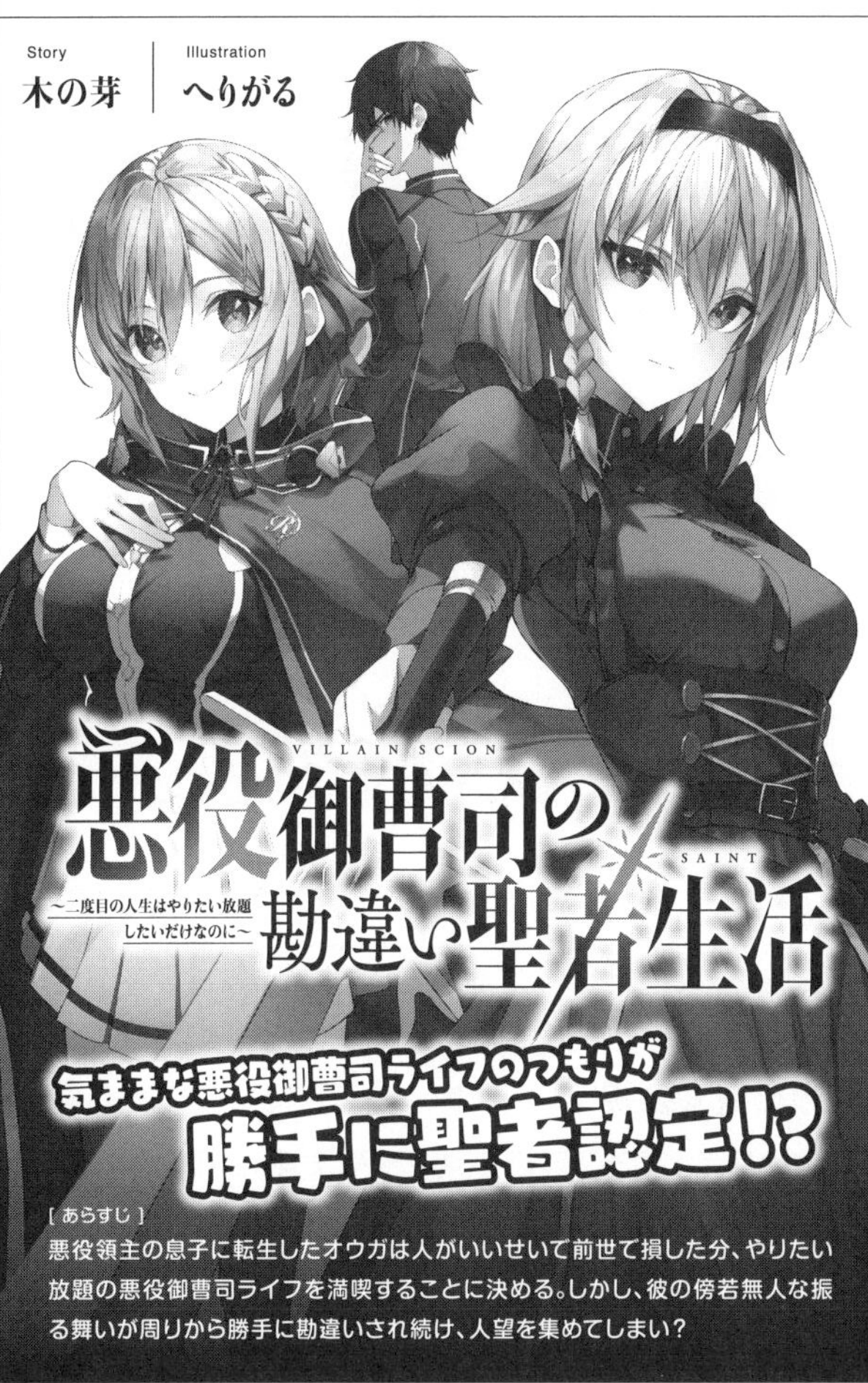
Story
木の芽
Illustration
へりがる
VILLAIN SCION
悪役御曹司の勘違い聖者生活
SAINT
～二度目の人生はやりたい放題したいだけなのに～
気ままな悪役御曹司ライフのつもりが
勝手に聖者認定!?
[あらすじ]
悪役領主の息子に転生したオウガは人がいいせいで前世で損した分、やりたい放題の悪役御曹司ライフを満喫することに決める。しかし、彼の傍若無人な振る舞いが周りから勝手に勘違いされ続け、人望を集めてしまい?
電撃文庫

おもしろいこと、あなたから。

電撃大賞

自由奔放で刺激的。そんな作品を募集しています。受賞作品は「電撃文庫」「メディアワークス文庫」「電撃の新文芸」などからデビュー!

上遠野浩平(ブギーポップは笑わない)、
成田良悟(デュラララ!!)、支倉凍砂(狼と香辛料)、
有川 浩(図書館戦争)、川原 礫(ソードアート・オンライン)、
和ヶ原聡司(はたらく魔王さま!)、安里アサト(86―エイティシックス―)、
瘤久保慎司(錆喰いビスコ)、
佐野徹夜(君は月夜に光り輝く)、一条 岬(今夜、世界からこの恋が消えても)など、
常に時代の一線を疾るクリエイターを生み出してきた「電撃大賞」。
新時代を切り開く才能を毎年募集中!!!

おもしろければなんでもありの小説賞です。

- **大賞** …… 正賞+副賞300万円
- **金賞** …… 正賞+副賞100万円
- **銀賞** …… 正賞+副賞50万円
- **メディアワークス文庫賞** …… 正賞+副賞100万円
- **電撃の新文芸賞** …… 正賞+副賞100万円

応募作はWEBで受付中!　カクヨムでも応募受付中!

編集部から選評をお送りします!

1次選考以上を通過した人全員に選評をお送りします!

最新情報や詳細は電撃大賞公式ホームページをご覧ください。

https://dengekitaisho.jp/

主催:株式会社KADOKAWA